「あっ、あっ……」
腰を落とされ、自分の体重でそれを奥まで呑み込んでしまう。

追《つい》憶《おく》の残《のこ》り香《が》

松《まつ》雪《ゆき》奈《な》々《な》

ILLUSTRATION
雨《あま》澄《すみ》ノカ

CONTENTS

追憶の残り香

追憶の残り香

最近セックスしてないな。

そんな考えがふと脳裏《のうり》に浮かび、川村修司《かわむらしゅうじ》は電子カルテを書き込む手をとめた。

最後にしたのはいつだっただろう。半年前、いや、一年前か。

相手は——誰だっただろうか。

精悍《せいかん》な眉をわずかに寄せ、白衣の袖《そで》から覗く腕時計に目を落とす。ブレゲのグランドコンプリケーション。二年半前、医師免許をとった記念にと、家が買えるほどの価格で購入したそれは手巻きで、修司がその存在を忘れているときでさえも、ため息が出るほど美しく時を刻んでいる。

つかのま記憶を探《さぐ》ってみて、相手は小柄な青年だったことをおぼろげに思いだしたが、どんな会話をしたか、どんなセックスをしたかまでは思いだせなかった。

たいがいいつでもそうなのだ。左腕に巻きついているブレゲよりも修司を興奮させ、夢中にさせた相手はここ数年存在しない。

しいてあげれば先輩の高尾《たかお》医師の手術手技《しゅぎ》には常々感心させられているが、それもやはりブレゲには足元にも及ばない。

ブレゲを手にするずっと前だったならば——……。

無意識に遠い昔の苦い記憶を思いだしかけたところ、心電図《しんでんず》モニターのアラームで我に返った。ナーステーションの壁際に置かれている三台のうちのひとつがSpO2低下を示していたが、減少した数値は慌《あわ》てるまもなく回復した。アラームが鳴りやむまでの数秒間モニターを静観《せいかん》したのち、勤務中になにを考えているのかと、とまっていた手をふたたび動かす。

しばし不謹慎《ふきんしん》な思いに捉われていたが、べつに欲求不満なわけではない。

仕事に忙殺《ぼうさつ》され、まともな休みもない毎日が続いているが、だからこそ性欲などついぞ忘れていた。それなのに急にそんなことが思い浮かんだのは、めずらしく早い時刻に仕事を切りあげられそうで、その後の予定がないことに気づいたためだ。

修司は担当患者の記録を入力し終えると、となりのパソコンを使っている同年代の看護師に声をかけた。

「高田《たかだ》さんの週末の指示、だしておいたから確認を頼む。もしものときのもろもろも、いちおう書いてある」

「早速見てます。川村先生のオーダーはそつがないというか完璧《かんぺき》というか。いつも助かります」

「どういたしまして。なにかあったら連絡してくれ。じゃ、お先」

立ちあがると、看護師が驚いたように見あげてきた。

「先生、もう帰れるんですか」

「ああ」

「今日はやけに仕事が速いですねえ。週末に予定でもあるんですか？」

「いや、たまたま用事がすくなかっただけさ。今日は帰ったら寝る。明日もひたすら寝る。それだけ。日曜は当直」

「切ないですねぇ」

同情のまなざしをむけられ、修司は軽く肩をすくめた。

「まあね。この職に就《つ》いた者の宿命だよ。だろ？」

そう言って、野性味と気品を絶妙《ぜつみょう》に持ちあわせた双眸《そうぼう》をなごませてかるく微笑《ほほえ》むと、男の色気が全面に滲《にじ》みだし、看護師の頬が赤く染まる。

「そうですね」

「あとはよろしく」

修司は早々に話を切りあげ、颯爽《さっそう》と病棟《びょうとう》をあとにした。

医局《いきょく》で白衣からジャケットへ着替えて病院から出、駐車場へ続く木立まで来たとき、ふと、覚えのある香りが夜風にふわりと漂った。

独特の、甘い香り。

自然と香りの強いほうへと視線をむけると、木立の中に小ぶりの金木犀《きんもくせい》があり、オレンジ色の花を満開に咲かせていた。

濃厚《のうこう》な花の香りに包まれて、ふつうなら表情も和《やわ》らぐところだろう。だが修司は苦虫《にがむし》を嚙み潰したような面持《おもも》ちになった。

この香りを嗅《か》ぐと、思いだす面影がある。

思いだしてしまう苦い記憶がある。

「……そんな季節か」

ふりきるように顔をそむけ、いつのまにかとまっていた足を速めて駐車場へむかった。

看護師に言ったとおり家に直帰《ちょっき》するつもりだったのだが急に気が変わり、愛車のシトロエンＣ６に乗り込むと、このあとの行き先を思案する。

久々に空いた金曜の夜である。誰かを誘って飲みに行きたい気分になったが、適当な相手が思いつかない。

この際誰でもいい。適当な相手でも見繕《みつくろ》うか。

久しぶりに馴染《なじ》みのバーにでも顔をだしてみようかという結論に至るまでに、そう時間はかからなかった。病棟にいるときに、無意識のうちにそこまで考えていたのかもしれない。だからセックスなどに気がいったのだ。

アクセルを踏み込むと、シトロエンＣ６は心地よいエンジン音を響かせて、振動を微塵《みじん》も感じさせず滑《なめ》らかに走りだした。

新宿《しんじゅく》の、とあるビルの地下にあるその店に足を踏み入れると、店内のざわめきが心なしか静まったように感じられ、同時に無数の視線が雨のように注がれたが、修司は余裕ある態度でそれらをあしらいつつ広い店内へ進み、カウンター席に腰をおろした。

「いらっしゃいませ。お久しぶりですね」

羊のような顔をした年配のマスターが愛嬌《あいきょう》のある笑顔で迎えてくれて、修司も愛想《あいそ》よく応じた。

「覚えていてくれましたか」

「当然でしょう。この歳ですが、まだ認知症《にんちしょう》にはなっておりませんよ」

「この歳だなんて、言うほどではないでしょう」

修司の注文を受けてから、マスターがピックで氷塊《ひょうかい》を削りはじめた。見事な職人技で綺麗な球状に姿を変えた氷はグラスに入れられ、全身にスコッチを浴びる。

「お待たせしました」

流れるような所作《しょさ》で眼前にロックグラスが置かれた。

「ありがとう」

グラスに満たされているのはロイヤルハウスホールド。丸い氷がすこしずつ溶け、太陽のコロナのようにもやもやと琥珀《こはく》の液体に滲みだしていくさまは芸術的で、吐息《といき》を漏《も》らしながら眺《なが》めた。

「このところお目にかかれなかったのは、いい人ができたせいだろうと勝手に想像しておりましたが」

愛嬌のある上目遣《うわめづか》いで探られ、修司は苦笑する。

「だったらよかったんだが、あいかわらず潤《うるお》いのない生活をしていますよ。仕事が忙しくて寝る暇《ひま》もない」

足が遠のいていたのは、単純に忙しかったからだ。消化器外科医三年目となり、執刀《しっとう》や外来を任されたり担当患者が増えたりと、大幅に仕事量が増えた。

薄給で過酷な職務だとわかっていながら医師になろうと思ったのは、資産家の親の敷いた道よりも、もうすこし人間らしい道を歩いてみたかったからで、その選択を悔《く》いたことはない。周囲には恵まれているし、ステップアップしたことで充実した日々を送れており、ありがたいとも思う。できればもうすこし余暇《よか》がほしいところだが、贅沢《ぜいたく》を言えば切りがない。

「そうでしたか。じつは、そろそろいらっしゃる頃かな、という予感もしておりましたが」

「俺がふられた夢でも見ましたか」

「いいえ。毎年、この季節になると、よくお見えになられるでしょう」

「そう、でしたか？」

「そう記憶しておりますよ」

修司は自覚なく首をかしげたが、言われてみればたしかに、最後にここへ足を運んだのは一年前のことだった。

さらに記憶を検《あらた》めれば、一昨年も、その前年も、この季節にばかりここを訪ねていることを思いだした。

いったい何年くり返していたのか。

自分でも気づかないうちにそんなことをくり返すほど、この時季の自分は過去を忘れられていないらしい。

微妙《びみょう》な気持ちで物思いにふけっているうちに、マスターが新たに注文されたカクテルを作りはじめていた。手早くできあがったカクテルは、オレンジ色のちいさな花々をつけた小枝が添えられ、辺りに花の香りが漂った。

その花も香りも、記憶に新しい。

「それは」

「『金木犀の記憶』といいます。今年からだしているオリジナルメニューです」

本物の金木犀の花を添えるため、ほんの一週間だけの期間限定メニューだという。

「一週間だけ？」

「花季が短いので。知る人ぞ知る幻《まぼろし》のメニューにしようかと」

「幻か。それはいい」

マスターから受けとったグラスを運んでいくウエイターの背中から、金木犀の濃厚な香りが尾ひれのように流れていく。

修司は高い鼻梁《びりょう》を指でなぞり、苦い思いとともに残り香の余韻《よいん》に浸《ひた》った。

「桂花陳酒《けいかちんしゅ》ベースですが、よろしければお作りしましょうか」

「いや。どうもその香りは」

「苦手ですか」

「そういうわけでもないんですが」

修司はあいまいに辞退《じたい》してスコッチをのどに流し込むと、気分を変えるようにフロアのほうへ視線を流した。

すると待っていたかのように、数人の男と目があった。先ほどから声をかけるタイミングを見計らうべく見られていたことはあきらかだ。

修司は自分が他者の目にどのように映《うつ》っているか、よく理解している。

生家《せいか》はうんざりするほどの資産家であり、それなりの教育を受けてきたし、つきあう仲間も似たような家柄の相手になる。そのため、ある種の独特な雰囲気《ふんいき》が備わってしまっているらしい。

その上身体《からだ》つきはたくましく顔つきが端整《たんせい》とくれば、こういった場所で声をかけられないことはない。

どうしたものか。

物色《ぶっしょく》するというよりは、手持ち無沙汰《ぶさた》に店の雰囲気を眺めているといった風情《ふぜい》でざっと視線を走らせる。すると、奥の壁際の辺りにふたりの男が立っているのが視界に入った。立ち話をしており、片方がもう片方を熱心に口説《くど》いている様子が窺《うかが》えたのでそのまま通りすぎようとしたのだが、引っかかるなにかを感じて目線を戻したところ――釘《くぎ》づけになった。

スーツ姿の細身《ほそみ》の青年。

派手《はで》ではないが、整った顔立ち。

おとなしく、気弱そうな目元。

あれは――。

手にしていたグラスの氷が、カランと鳴った。

霧《きり》がかっていた記憶がまたたくまによみがえり、脳裏に浮かぶ映像が匂《にお》やかに香りはじめた。代わりに現実の色も匂いも薄れていき、その人物しか目に映らなくなる。誰かが近づいてきて修司に声をかけてきたが、それすら耳に入らなかった。

震えそうになりながら慎重《しんちょう》に息を吸い込むと、心臓がどくりと大きく鳴り、

「玲《れい》」

と、封印していたその名を口にしたら、とたんに動悸《どうき》が激しくなった。

似ている。とてもよく似ている。だが彼がここにいるはずはなかった。

ここは男同士が出会いを求めて集《つど》う場所である。玲にそういう指向《しこう》はなかったはずだ。

だがどうしても別人とは思えず、修司は改めて口説かれている青年をじっと見つめた。いままさに思いだしていた相手が目の前にいることがにわかには信じられなかったが、そうこうしているうちに口説いていた男が肩を抱き、強引に外へ連れだそうとしている。彼のほうはあまり気乗りしない様子であったが、あれでは連れていかれそうだった。

「……マスター。チェック、済ませておく」

修司は手早く支払を済ませると、迷わず立ちあがり、まっすぐにそちらへむかった。

近づいていくと、口説いている男のほうが先にこちらに気づいた。つられるようにして彼も顔をあげ、修司の姿を視認するやいなや、こぼれそうなほど大きな瞳をさらに見開いて、狼狽《ろうばい》を滲ませた。

照明が薄暗いのと、九年近く会っていなかったから見まちがいかもしれないという思いがあったのだが、近くで確認して確信した。

記憶にある姿よりもずっと大人びていたが、見あげてくる面差《おもざ》しはまちがいなく彼のものであり、昔とおなじように花のイメージを喚起《かんき》させた。

しかし修司の脳裏では穏《おだ》やかに笑っていたはずの彼の顔は、いまは硬くこわばっている。

気弱さと繊細《せんさい》さを内在《ないざい》させた眉は眉尻《まゆじり》をさげ、濡れたような瞳は逃げ道を探す小動物のように怯《おび》えている。同性とは思えぬほど華奢《きゃしゃ》な身体はわずかに震えているようで、やわらかそうな髪の先までもが彼の動揺を表すように揺《ゆ》れていた。

それを見て、昔も、笑顔よりどこか困ったような顔を目にするほうが多かったことを思いだす。

「玲、だよな。久しぶり」

修司は彼の前に立ち、相手の動揺など微塵も気づいていないそぶりで、にこやかに声をかけた。

「奇遇《きぐう》だな。まさかこんな場所で再会するだなんて、思ってもみなかった」

「あ……」

「ん？　もしかして俺のこと、わからないか？」

すこし身を屈《かが》めて覗き込むように顔を近づけると、玲は一歩後ずさりしてぎこちなく首をふり、かすれた声を発した。

「……修、司……」

二度と、名を呼ばれることはないと思っていた。

懐《なつ》かしい声に苦しい痛みが呼び覚まされる。しかし表面上はとり澄ました笑顔を崩《くず》さずに口を開いた。

「なんだ、わかってるじゃないか。旧友との久々の再会だというのに、喜んでくれないんだな」

玲が気まずそうに視線をそらす。まるで蛙《かえる》を睨《にら》む蛇《へび》になった気分だ。

「ええと……知り合いかい？」

それまで口説いていた男が玲に話しかけた。男は玲の肩を抱いていたのだが、修司に気を呑《の》まれたようにいつのまにか手を離している。

「ええ、そうです」

玲が口を開く前に割って入った。

「高校時代の友人なんですよ。申しわけないが積もる話もあるので、こいつは引きとらせてください」

言葉遣いは丁寧《ていねい》だが、声にも態度にも有無《うむ》を言わせぬ迫力を滲ませると、男はこちらの意図を察したようで、それ以上の反論はしてこなかった。

「では、失礼」

押し黙る相手の前で玲の腕をつかみ、踵《きびす》を返す。

うわべを取り繕うのは得意だ。

そう、得意だったはずだ。それなのに、いまはつかんだ腕から動揺を悟られないようにするのが精一杯だった。

大股で人の波をすり抜け、衝立《ついたて》の陰に来たところで立ちどまると、反動で玲の肩が腕にふれた。

「玲。なぜ、ここにいる」

問いかける声は、波打つ感情を押し殺しきれずに低くなった。

「なぜって、その……」

「おまえ、ノンケだっただろう。それがどうしてゲイバーなんかにいるんだ」

そう。玲は男になど興味はなかったはずだ。

すくなくとも修司の知るかぎりでは。

すると玲は顔をそむけて黙り込んでしまった。まるで、おまえなどとは話したくないと言わんばかりに。

そんな彼の態度に、修司の胸に黒い靄《もや》が立ち込める。

「どんな男を好きになったんだ」

「……え？」

唐突《とうとつ》な問いかけに、気弱な瞳が不思議そうにむけられた。

「ここにいるってことは、こっちの道に目覚めたきっかけがあったんだろう。それともいま惚《ほ》れてる相手でもいるのか」

その問いに玲ははっと息を呑み、なんとも言えない表情を浮かべた。

好きな男が、いる。

そう顔に書いてあった。

「図星《ずぼし》らしいな。どんな相手なんだ」

確信した瞬間、妙《みょう》な苛立《いらだ》ちが込みあげてきた。

どうせだんまりを続けるつもりだろう。そう思っていたら、意外にも玲は口を開いた。

「……仕事関係の人。三つ年上の……」

「既婚者か？」

「違う、けど……」

ノンケなのだろう、と思った。

「相手はおまえの気持ち、知ってるのか」

「いや……」

「まあ、言えるわけないか」

昔のままの玲ならば、ノンケの男をふりむかせてやろうなどという気概《きがい》はないだろう。

「バーに来たのは、そいつを諦《あきら》めるためってところかな」

男が好きだと自覚してもたいがいは成就《じょうじゅ》せず、出会い系のバーなどへ足を運ぶようになる。おそらく玲もそうなのではないかと推測すると、しばしの沈黙のあとで、そんな感じかな、という呟《つぶや》きが返ってきた。

どんな男なのだろう。

強烈に知りたくてたまらなくなる。

ひと言かわすごとに気持ちがささくれ立ち、根掘り葉掘り訊《き》きたくなる。

そもそも、いつから男に目覚めたのか。

これまでに、何人の男と経験したのか。

過去、ノンケだったから避けられたと思っていた。だがゲイだったのならば、単に嫌がられただけだったのか。

修司の脳裏に九年前の苦い記憶が過《よ》ぎる。

訊きたいことが山のように溢《あふ》れてきて、唇を噛み締めた。みっともなく質問攻めにするのはかろうじてこらえたが、そのぶん苛立ちは募《つの》っていった。

「外に出るか」

うつむく玲をしばし見つめたのち、細い腕をつかみ直すと、引っ張って出口へ連れていった。

店から続く階段をのぼりきり、人通りのある路上へ出ても、修司は歩く速度を緩《ゆる》めない。

自分でも、なにをやっているのかと思う。

玲に会ったら、もっとほかに言うべきこともあったはずなのに、いま頭を占めるのはたったひとつだ。

——玲に好きな男がいる。

それは修司の理性を奪うにじゅうぶんな事実だった。

「あの、どこに行くつもり——」

「ホテル」

「え？　ホテル？」

修司の意図がわからないようで、玲が鸚鵡返《おうむがえ》しに聞いてくる。

「……えっと……な、なんで」

「なんでって。ああいった場で出会ったふたりが行く場所なんて、ほかにどこがあるんだ？」

足をとめ、当然といった口ぶりをしてふり返れば、玲は唖然《あぜん》と口を開けていた。

「それって……ホテルのバーで飲み直すとか、そういうことじゃなくて……」

恐る恐るといった問いに、笑いそうになる。

「そういうことじゃないな。ノーマルなホテルに行くつもりだから、特殊なプレイがしたいのなら事前に申告してくれ」

「プ、プレイって……」

「うん？」

「それは、つまり、その……僕を抱くってこと……？」

それ以外になにがあると言うのか。修司は嫣然《えんぜん》と微笑む。

「もちろん。おまえが俺を抱きたかったとしても、悪いが俺はタチ専門なんでね、今回は譲《ゆず》ってくれ。それから初めに言っておくが、ＳＭは好きじゃないんで、ごくふつうのセックスになるかな。あと――」

「ちょ、ちょっと待っ、待ってよ」

裏路地《うらろじ》とはいえ新宿の夜の雑踏《ざっとう》の中である。人通りのある中でふつうの声量で身も蓋もない話をされて、玲が焦《あせ》って周囲を気にしだす。

「プ……、レイがどうとか言う前に、なんでそういうことになったのか、理解できないんだけど」

「なにが理解できないのか、こっちこそ理解できんな」

「だから、なんでいきなり修司がぼくを、抱く、とか……」

玲が喋《しゃべ》りながら、つかまれた手をやんわりとはずそうとするので、逆に力を込めて離すのを拒んだ。

「好きな男が無理だから、代わりの相手を探していたんだろうが」

「え……？」

どこまでもとぼけようとする玲の態度が苛立ちを煽《あお》る。

「だから、あの店にいたってことは、一夜の慰《なぐさ》めの相手でも見繕っていたんだろう」

「慰めって、そんな」

「どうせ誰でもいいなら、俺でもいいんじゃないか」

瞬間、玲の目が見開かれた。

「い、嫌だ」

即答《そくとう》である。思いがけず明確に拒否されて、修司は虚《きょ》をつかれた。

「ほう？」

男を漁《あさ》りに来ていたくせに。あの中で適当な相手を選ぼうとしていたくせに。それなのに、修司では嫌だという。

玲の中で自分はそんな存在なのかと思うと、腹立ちのあまり目が据《す》わった。

「俺は嫌か。俺が相手じゃ不服か」

口元は貼りつけたような笑みを浮かべたまま、射抜くようなまなざしで見つめると、玲が息を呑んだ。

どうしても自分を受け入れさせたい衝動《しょうどう》に駆られ、凶暴な感情に押されるまま華奢な肩を抱き寄せ、ささやくように告げる。

「だとしても、嫌だとは言えないはずだよな。おまえの親父、参議院議員だろう」

抱いている肩がギクリと緊張した。

「息子がゲイバーに通ってるなんて知れたら、まずいんじゃないか？」

「な」

「おまえも将来はそっちの道に進むと言っていたな。いまは議員秘書でもしているのか？　だったらとんだスキャンダルだな」

「……それって……なに。脅《おど》してるの……？」

問う声はかすれていた。

「さあ。そこは自分で判断してくれ」

玲は突然自分の身に降りかかった災難をうまく理解することができないようで、怒ることも非難することも、ましてや受け入れることもできずに呆然《ぼうぜん》としていた。

「冗談、だよね……？」

一縷《いちる》の望みにすがるように見あげてくる瞳に、修司は冷酷な微笑で応《こた》える。

「どうだろうな。これからいっしょにホテルに行って、確かめてみようか」

修司がそんな顔をする場合は本気だ。冗談ではないことを悟った玲が困惑して修司の強い双眸を見返した。

「だって……なんで……脅してぼくを抱くことで、修司になんのメリットがあるって言うんだ……」

修司は低くのどを鳴らして笑う。

「こんなシチュエーションもたまにはおもしろいじゃないか。玲だって相手がほしかったんだろう？」

「……」

「ほら、行くぞ」

細い肩が小刻みに震えて抵抗を示していたが、修司は強引に腕を引いて歩きだした。

◇◇◇

出逢いは高校一年のときだった。

修司が在籍していたのは政財界の子息が集まる、幼稚舎《ようちしゃ》から大学まである学園で、そこに玲が高等部から入学してきたのだ。おとなしく控えめな玲は修司のまわりにはいないタイプだった。

おなじクラスで席も近かったが、玲は学園の雰囲気に馴染めないようで、ごく少数のおとなしい者と仲良くなり、目立つ修司たちとは一線を引いていた。

だが修司は玲の持つどこか独特な雰囲気に興味を惹《ひ》かれ、ことあるごとに話しかけた。そのうちにすこしずつ玲も修司に応えてくれるようになっていった。

距離が近づいたのは、高校三年になってからだろうか。クラス替えで修司は理系、玲は文系と別れたが、ふたりとも付属大学ではなく外部のおなじ大学を希望していたことがふとしたきっかけでわかり、だったら苦手科目を助けあおうと修司が誘って、放課後にいっしょに勉強するようになったのだ。

とりたてて共通の話題があるわけでもなかったが、なぜか玲といると心地よく、ふたりで過ごす時間は次第に増えていった。

それからふたたび変化が訪れたのはその秋、庭の金木犀が最も香る時季だった。

「この匂い……」

　受験勉強という名目で玲が初めて修司の部屋へやってきたときのことだ。部屋に入るなり、玲が息を吸い込んで言った。

「これ、金木犀だね？」

「あー、中庭にあるんだ。風むきによって部屋の中まで匂ってくるんだよな」

「うちにもあるよ。あまり剪定《せんてい》してなくて大木《たいぼく》になっちゃってるから、この時季はよく香る」

「自分ちの庭になにが植えられてるかよく知らんが、というか草花のこと自体詳しくないが、この香りは印象に残るな」

「うん。金木犀の花ってすごくちっちゃいのに、こんなに香ってがんばってるよね。ぼくも見習いたい」

　オレンジ色の小花を周囲にふりまくように、玲があどけなく微笑む。

「そう、だな……」

　修司の前では萎縮《いしゅく》してばかりであまり笑わない彼に、ごくまれにそうして無防備に微笑まれたりすると、柄《がら》にもなく目を奪われてしまう。

　そんなとるに足らない話をして勉強をはじめてまもなく、となりの兄の部屋からくぐもった嬌声《きょうせい》が聞こえてきた。

　兄が彼女を連れ込んでいたらしい。

やむ気配のないそれに気をとられ、勉強どころではない。これがほかの友だちならば馬鹿みたいに盛りあがって露骨《ろこつ》にふざけあうところだが、玲とはそんな仲ではなかったので、気まずい空気が漂った。

まいったな、と思いながら様子を窺うと、玲は弱りきった顔をして白い肌をうっすらと赤く染めていた。もしやと思い視線を落とせば、彼のものは兆《きざ》しているようだった。

「勃《た》ったのか？」

部屋に充満した金木犀の香りに幻惑《げんわく》されたのか、彼の肌にとてもさわりたくなって我慢できず、からかうような態度で手を伸ばした。

「抜いてやる」

押し倒し、ズボンの中へ手をつっ込んでじかにふれた。

「ちょ、修！　やめ……っ」

「黙って。おかずにしてることが兄貴たちにばれる」

「や……あ……っ」

かるく二、三度扱《しご》いただけで、手の中のものは硬く成長した。修司もつられたように興奮し、ズボンをおろして互いのものをいっしょに重ねて扱いた。玲の泣きそうな顔に不思議なほどそそられ、達するのに五分とかからなかった。

「なんで……」

終えると、玲は憔悴《しょうすい》したようにぐったりとした。

「なんでって。勃ったから抜いた。それだけだろう。しいて言えば相互扶助《そうごふじょ》の精神というやつか」

「……」

「なんだ？　考え込むなよ。誰だってしてる遊びじゃないか。たいしたことじゃないだろう？」

すこしやりすぎただろうか。欲望を果たしたのちに理性をとり戻したが、そのときはまだ悪ふざけということで話は済むと思っていた。マスのかきあいなど滅多《めった》にすることではないが、めずらしい話でもない。

しかし、その日を境にして玲は修司を避けるようになり、口をきこうともしなくなった。

お互いの関係が、そんなことで壊《こわ》れるとは思わなかった。

ただ、話もできなくなってから初めて自分の気持ちに気づいた。

好きだった。

本当は、どうしようもなく焦《こ》がれていたのだと。

しかし気づいたときは遅すぎて、関係を修復できぬままに受験シーズンに突入し、やがて春になった。

玲はけっきょくべつの大学を受験したようで、卒業を迎えると、その後の消息を耳にすることはなかった。

◇◇◇

バスローブを羽織《はお》って個性的な浴室から出ると、先にシャワーを終えていた玲が窓に寄り添って都内の眺望《ちょうぼう》を眺めていた。秋の澄んだ空気が街の灯りを明瞭《めいりょう》にし、眼下に広がる高層ビル群の夜景を燦爛《さんらん》と輝かせている。

バーから数ブロック歩いたところにあるパークハイアットの一室である。プライバシーを保てるので、飲むときはたいがいここを利用しており、今夜も相手がいてもいなくても泊まるつもりでいた。

「……なんで」

「なんだ」

ひとり言のように呟かれたそのセリフは修司に聞かれているとは思わなかったのだろう。返事をしたら、玲が驚いたように身をすくめた。

「言ってみろ」

近づいて玲の肩に手をかけると、びくりと筋肉がこわばった。ひどく緊張しているのが伝わってくる。その身体からは自分とおなじボディーソープの香りがした。イソップのすっきりしたハーブの香り。

「……なんでもない……」

玲が口にしたかったのは、脅迫《きょうはく》されてこれから強姦されるという理《り》不尽《ふじん》な現実への悲嘆《ひたん》の言葉だろうが、萎縮した彼は口にしなかった。

なぜ、とは修司も自分自身に問いたかった。

せっかく九年ぶりに再会した元親友相手になぜこんなまねをしているのか、自分でもどうかしていると思える。

だが、どうにも衝動を抑《おさ》えきれなかった。

「玲は、変わったな」

玲の両肩を引き寄せて、うつむいている端整な顔を上から見おろす。幼さの消えた、ほっそりとした印象の頰にふれて顎《あご》をあげさせるが、視線はそらされたままで、長いまつ毛は震え、眉はひそめられている。

強く出られると拒否できない気弱な性格は変わっていないようだが、昔よりもずっと綺麗になっていた。

そしてなによりも、性指向が、変わった。

「まさかゲイバーで男を漁るようになるなんてな」

低く笑うと、玲の眉間《みけん》のしわが深まった。

「修司だって……」

「俺？　俺は昔からこっち側の人間だが？　正確には男でも女でもどちらでもかまわないが、男のほうが面倒がなくていいかな」

あれから何人もの男を抱いた。

忘れたくて、でも忘れられなくて。

そんな過去の心情をいまさら吐露《とろ》するつもりは毛頭《もうとう》なく、代わりに軽薄な言葉を吐いてみせる。

くちづけようと顔を寄せると、意図を察した玲の唇が引き結ばれた。硬く緊張した唇に乾いたキスをして顔を離せば、彼は泣きそうな顔をしていた。

相手をするのがそれほど嫌なのか。修司はふたたび顔を寄せ、今度は強く唇を押しつけた。頑《かたく》なな唇を強引に割り、舌を潜らせて、中の粘膜《ねんまく》を巧みに愛撫《あいぶ》する。官能を引きだすように呼吸をあわせて唇を甘く吸い、奥のほうでめぐり会った彼の舌先を捕らえて絡《から》めれば、次第に硬かった身体から緊張がほぐれてくる。唇もやわらかく濡れて熱を帯びだし、呼吸が乱れてきた。

「…ん、……」

唇のあいだから、水音が溢れる。

吐息が熱くなってくる。

玲の腕がすがりつくように修司のバスローブの襟《えり》を握り締めてきて、修司も応えるように細い身体を抱き締めた。そして追い討ちをかけるように深く濃厚に唇を重ねる。

「あ……ふ……、っ……」

玲が煽るような吐息を漏らす。足に力が入らなくなったのか、身体がふらついたので、キスを続けたままソファにすわらせた。修司は覆《おお》い被《かぶ》さるようにして、玲の身体をバスローブ越しにまさぐっていき、あわせ目へ片手を差し込むと、しっとりと吸いつくような肌に指を滑《すべ》らした。

「ん……、っん」

胸の突起《とっき》に指先がふれ、捏《こ》ねるように揉《も》むと、そこはすぐに反応して硬くなった。勃ちあがった突起を指で摘《つま》みながらくちづけを離せば、玲は頬を上気《じょうき》させ、快感にとろりと潤《うる》んだ瞳で見あげてきた。乱れた呼吸をする開いたままの唇は濡れて艶《つや》めき、その奥にちらりと覗く甘くやわらかな舌が扇情的《せんじょうてき》に映る。

あきらかに感じている。

手応えを感じて、修司の気持ちも昂揚《こうよう》する。

「高校の頃は男なんか知らなそうな顔をしてたのにな。その様子じゃかなり経験を積んだのかな」

にやりと笑うと、玲の目がそらされる。同時に赤い頬がさらに濃い色を示して、その分布《ぶんぷ》が首にまで広がった。

摘んだ突起は離さず、捏ねたり押し潰したりと刺激を続けながら、修司は唆《そそのか》すようにささやいた。

「脱いで」

玲が羞恥《しゅうち》をこらえるような顔をしつつ、ためらうようにゆっくりとした仕草でバスローブの紐《ひも》を解き、あわせ目を開く。すると思わず息を呑むほど白い肌が現れた。鎖骨《さこつ》や腰のラインが目を瞠《みは》るほどしなやかな色気を放ち、昔とは比べものにならないほどの成熟《せいじゅく》した艶を感じさせた。修司が刺激しているほうの胸の突起が、もう一方の淡い色のものと比べて卑猥《ひわい》なほどに赤く充血《じゅうけつ》し、勃ちあがっているさまも殊更《ことさら》なまめかしい。

いったいどれほどの男がこの身体を味わってきたのか。そう思うと自分の所有物でもないのに許せないような気がし、身がよじれそうなほどムカついた。

「……ベッドに行くぞ」

修司は胸への愛撫を中断し、先にベッドへ歩いていく。ベッドサイドまで来てふり返ってみると、玲はくたりとソファにもたれたまま動こうとしない。

「どうした」

「……」

「愚図《ぐず》ってもやめる気はないぞ。それとも抱えて連れていってほしいか」

「そうじゃないよ」

玲はちいさく息をついて立ちあがり、覚束《おぼつか》ない足取りで歩み寄ってきた。すぐに脱ぐことになるのはわかっているだろうに、はだけたバスローブの前身ごろをかきあわせ、修司の視線から肌を隠す。

この期《ご》に及んで往生際《おうじょうぎわ》が悪いものだと思わずにはいられない。キスに感じたくせに、まだ嫌がるのか。

あの店にいたということは、玲も今夜は男と抱きあう心積《こころづ》もりでいたはずだった。

だったら俺に抱かれろ、と思う。

どうせ好きな男の代わりで誰でもよかったのなら、なぜ自分を拒むのか。

どんな性癖《せいへき》を持っているかもわからない初対面の男を相手にするならば、すくなくとも身元の知れている自分のほうがいいではないか。

修司はそばまで来た彼を抱き寄せて、ベッドに押し倒した。

「べつに乱暴にするつもりはない。そう硬くならずに楽しんだらいい」

「……そう、言われても」

「無理強《むりじ》いされてるのに楽しめるかって？」

耳元にくちづけを落としながら自分のバスローブを脱ぎ、次いで彼のものも脱がせて、きめの細かい肌に手を這《は》わす。

「男に目覚めたのは、いつから？」

「いつ……いつ、からって……」

「あの店を知ってるってことは、かなりの通《つう》ってことだろう。よく行くのか」

耳朶《じだ》を舐め、尖《とが》らせた舌先を耳の穴へ差し込んでやると、その胸がわななないた。

「っ、あ……、よく、なんて……、っ……」

「よく行くわけじゃない？　でもたまに行く？」

「……っ、……」

全身を愛撫しながらからかうように問うと、組み敷いている身体が落ち着かなげに身じろぎし、桜色のちいさな唇がなにか言いたげに開きかけたが、けっきょくなにも言わずに閉ざされた。所在なくさまよっていた彼の手がシーツを握り締め、濡れた瞳が閉ざされる。興奮のためか恥辱のためか、まなじりにすこしだけ涙が滲んでいた。

　答えを期待していたわけでもなく、修司は気にせず手を進めていった。ほんのり色づきはじめた首筋から鎖骨へと舌を這《は》わせていけば、肌はしっとりと湿り気を帯びていて、彼の興奮具合を感じとれた。誘うように熟《う》れた胸の突起が目に入り、息を吹きかけて、口に含む。硬い茎を舌で押し潰し、歯を当てれば、しなやかな身体が身悶《みもだ》えするようによじれた。

「や……、そこ……」

　玲の下腹が波打っている。唾液《だえき》を絡めるようにして丁寧かつ執拗《しつよう》に舐《ねぶ》ってやると玲の口からやるせない吐息が吐きだされる。

「嫌？　本当に？」

　手を下へ伸ばして彼の中心をじかにふれてみせた。

「もうこんなだが」

　そこはすでに熱を持って昂《たかぶ》っていた。形を知らしめるようにやんわりさすってやると、身体は素直な反応を見せてさらに昂った。

「感じやすいんだな」

「あ……」

「ノンケなんだとばかり思ってたんだが、もしかして、高校の頃から男が好きだったか？」

「……、……っ」

手のひら全体で包み込み、高みへと導く。玲は紅潮《こうちょう》した顔を横にそむけてぎゅっと目を瞑《つむ》り、唇を噛み締めて快感に耐えていて、喋ろうとしないというよりは喋る余裕がなさそうだった。

「脅されてさわられるというのは、どんな感じだ？」

耳朶を噛み、からかいの言葉を重ねる。言葉による反応はないが、身体は萎《な》えるどころか明確に快感を示している。

溢れてきた先走りを塗り込めるように広げると、それは格段に硬度を増した。

「すごいな。もしかして、こういうふうに苛《いじ》められるのが好きなのかな」

「……そ、んな……、っ」

「そんなことはない？　だが、ここはすごく喜んでるみたいだが」

「う……、ぁ」

やわらかな髪が汗でひたいに張りついている。

すこし苦しげな、色気のある表情に情欲《じょうよく》を煽られ、修司はひそかに生唾《なまつば》を飲み込む。つかのま見入っていると、玲の下肢《かし》が震え、次の瞬間に手のひらが濡れた。

もうすこし時間がかかると思っていたのだが、あっけなかった。

「っあ……あ……」

きつく噛み締められていた玲の唇がほどけ、解放の吐息が紡《つむ》がれる。まぶたもうっすらと開くが、達した直後の余韻冷めやらぬふうに瞳の焦点は定まらぬままだ。

「早いな」

正直に感想を漏らせば、玲の耳が染まり、瞳は恥じるようにぎこちなく動いてシーツを見つめる。

修司は口元だけ笑んで玲の顔を仰向《あおむ》かせ、唇を重ねた。力の抜けた唇はやわらかく、弾力を楽しみながら味わう。まだ息の整わない唇は開いたままで、遠慮なく口中を犯しながら濡れた指を後ろへ忍ばせた。

「ん、ん……」

入り口にふれると、とたんに玲が息を呑んで身体を緊張させ、逃げを打つように身をよじらせた。

身体を押さえて、強引に指を潜り込ませようとしても、硬く閉ざされていてかなわず、受け入れようとする意志を感じられない。

最後までやめるつもりがないことはわかっているだろうに、ここまできて抵抗してみせるとは、どういうつもりなのか。

修司は少々むっとして唇を離した。

「力を抜いてくれないと挿《い》れられないんだが」

「あ……」

「もういちど言うが、抵抗されてもやめるつもりはないぞ。痛くしてほしいわけじゃないんだろう?」

そこをつつくと、玲はうろたえて修司の胸を押し返そうとしながら小声で弁解《べんかい》した。

「そ、そこ……使ったこと、なくて……」

修司はぴたりと動きをとめ、訝《いぶか》るように玲の顔を見返した。

「使ったことがない？」

ゲイでもそこを使うのを嫌がる者はいないわけではないので、その主張は不自然なものではない。

だが修司には、自分とするのが嫌で言い逃《のが》れしているのだと思えた。

「ほう。なら優しくしてやる。だから力を抜け」

低い声を耳に吹きかけ、入り口の周囲をなぞると、緊張がわずかに緩んだ。すかさず中指を潜り込ませる。

「あ……、ん、う…」

玲が苦しげにうめき、眉を寄せる。あやすようにくちづけをして意識をそらしてやれば、華奢な腕が修司の肩にすがりついてきた。

「息を、吐け。そうだ……」

玲は力の抜き方がわからないようで、たしかに未経験らしかった。

しかし強い抵抗を示していたそこも、時間をかけて丁寧にほぐしてやるうちにやわらかく変化し、もう一本の指を飲み込めるようになる。

襞《ひだ》を広げるようにして、指を動かす。

薄暗い室内に、くちゃりと卑猥な水音が響く。

ねっとりと絡みつくような感触。もうじきここに己の欲望を打ち込むのだと思うと、修司の下腹部もどうしようもなく熱くなった。

「あ……あ、ん……」

内部の粘膜を強弱をつけて刺激し、しばらくすると、もどかしそうに玲の腰が揺れだす。

「よくなってきたみたいだな」

肩をつかむ彼の指に力がこもり、乱れた呼吸に甘い嬌声が混じりはじめる。三本目の指を挿れて反応の強いところを狙《ねら》って抜き差ししてやると、細い腰がシーツから浮きあがった。

「…っ、は……ぁ…嫌、ぁ……」

たまらなそうな声。

「いい声。嫌じゃなくて、いいって素直に言えばいい」

後ろにあわせて前もいじってやると、耐えきれないとばかりに欲情に濡れた声がたて続けにあがる。

「中も前も、ひくついてる。いやらしいな」

修司は指を引き抜くと、彼の両大腿《りょうだいたい》をつかんで左右に開かせた。

「あ……」

玲は怯えたまなざしで修司を見あげてきたが、抗《あらが》おうとはしなかった。

大きく開かれた両脚の奥にある窄《すぼ》まりに目を落とす。そこが、自分を受け入れるにはじゅうぶんに蕩《とろ》けていることを確認すると、修司は無言で腰を進めた。

「――は、ぅ……っ、大き……っ…！」

玲が苦しさに息を詰まらせ、歯を食いしばる。その唇を指でなぞって呼吸を促《うなが》し、己の猛《たけ》りをすこしずつ埋め込んでいく。

「声をだして息を吐くんだ」

「ん……、は……ぁ」

「そう……ゆっくり飲み込んで」

狭い中はぬるりとした触感で、きつく、そしてやわらかく修司を包み込む。じっくり突き進むと、めいっぱい広がった入り口がひくつき、締めつけてくる。それがめまいがするほど気持ちよく、思いきり穿《うが》ちたい欲求に駆られるが、相手は初心者と言い聞かせてこらえた。

「……く」

奥まで嵌《は》め込み、ひと息つく。気づけば修司も呼吸を荒くしていた。

熱い。

身体も、包まれている部分も。

じっとしていても、中が蠢《うごめ》いて締めつけるからたまらない。身の内でうねるように膨《ふく》らむ欲望を抑えきれず、腰を引いた。

「あ、や……動か、っな……、で……っ」

「動かなかったら終わらないぞ」

「で、でも……中、が…すごく、こすれて……」

「こするのが、いいんだろう」

すぐさま抉《えぐ》るように突きあげる。

「あ……っ、あ……っ！」

修司の猛りの圧倒的な体積に、慄《おのの》くように玲が必死にすがってくる。初めは苦しそうなだけだったが、角度を変えて穿ってみるとたんに声が甘くなり、表情も艶を帯びだしたので、修司は遠慮を捨てて腰をふるった。脚を強くつかみ、なんどもなんども、くり返して突きあげた。

「ぁあ、あっ、ぅ……ぁ、ん…！」

玲の身体はたとえようもなくよかった。細腰を抱えて奥深くまで貫《つらぬ》けば、中の粘膜が絡みつき、より深くへ導こうとする。抜けば引きとめるように絞《しぼ》られる。熱病に浮かされたように快楽を求め、華奢な身体を揺さぶる。

「あ、っ……ゃぁ、そこ……っ！」

「ここか」

「っ…、あ……、しゅう、じ……っ」

甘い嬌声が、まるでねだるように、しっとりと名を呼ぶ。

腰がじんと痺《しび》れる。

「初めてなのに、ずいぶんよさそうだ」

修司の動きにあわせて淫《みだ》らに動く玲の腰に気づき、それを教えるようにじっくりと腰をまわして指摘する。

「望んでない相手に抱かれてるのにな」

わざと貶《おとし》めるように言うと、玲の中がきゅうと絞られ、激しく蠕動《ぜんどう》した。

「っ、……だ、…って……」

眉根を寄せ、涙をこぼしながらも腰をふって修司の肉を貪《むさぼ》って離さない様子は淫らで、濃密な香りを放って男の欲望を誘う。

次第に修司も余裕がなくなり、律動を加速させていく。ぐちゅ、ぐちゅ、と、結合した部分から聞こえる音が、より淫靡《いんび》に部屋に響き、溢れた汁がシーツに滴《したた》り落ちる。

下腹に集中した血が滾《たぎ》り、熱く沸騰《ふっとう》する。快感に灼《や》かれた腰が重くなり、頂上がすぐそこまで見えてくると、そこからいっきに頂点まで駆け抜けた。

「ん――っ！」

玲が先に極みに達し、身体を震わせた。その反射で楔《くさび》を収めている内部も激しく収斂《しゅうれん》する。身体の奥で白い光が炸裂《さくれつ》し、修司も導きに抗うことなく玲の中に欲望を放った。

全身に甘い痺れが走り、その余韻をじゅうぶんに味わってから身体を引き抜くと、繋《つな》がっていた場所から修司の放った残滓《ざんし》がとろりと糸を引いてこぼれた。

脱力し、くたりとベッドに倒れ込んだ玲は呼吸が整わず、大きく胸を喘がせている。

室内に、熟れて弛緩《しかん》した空気が漂う。

修司はベッドサイドへ腰かけ、グラスに注いだ水で乾いたのどを潤した。

胃にぬるい水が流れ落ちていくのを感じながら息をつき、玲の姿態を一瞥《いちべつ》する。

「なんでこんな……」

高校時代に押し倒したときと錯覚しそうなほど、おなじようなセリフを、おなじように憔悴した様子で玲が言う。

「なんでって、ずっとそればっかりだな。べつにたいしたことじゃないだろう。初めてってわけじゃなさそうだし」

最初に挿れたときには本当に初めてなのかもしれないと思ったが、初めてなのに後ろであれほど感じるわけはないと思えた。

「あんなに感じてたんだものな。きつかったのは久しぶりだっただけか」

挑発《ちょうはつ》するように言葉を重ねても、玲はまったく反論しようとしない。ということは、やはり抱かれたことがあるのだろう。

いったい何人の男が玲の肌にさわったのか、その身体を抱いたのか、想像するだけではらわたが煮えくり返りそうだ。

多くの行きずりの男たちの中のひとりとして自分も忘れ去られるのだろうかと思うと、我慢ならなかった。

「修司は、いつもこんなことをしてるの……？」

言いわけするでもなく、玲が疲れた声で尋ねた。その言葉に非難するような響きを感じとり、修司は鼻を鳴らす。

「セックスなんて快楽を伴うスポーツみたいなもんだろう。……そうだな、相互扶助みたいなものか」

玲が覚えているかわからないが、高校時代に放った言葉をわざと使って嫌味を言った。

「……そう」

「まあ幸い、相性は悪くなかったみたいだな。俺も最近ちょうどいい相手がいなかったから、またおまえを抱くのも悪くない」

本当は、いままでの相手とはまったく違った。

けれどべつの男が好きだという玲にそんなことを言うのはプライドが許さず、けっきょく最後まで憎まれ口を叩きながら、修司は浴室へむかった。


病床数《びょうしょうすう》八五〇床を有する大学付属病院の消化器外科、通称一外《いちげ》が修司の職場である。一外の医局には三十二人の医師が在籍し、三、四人でチームを組んで研究や臨床《りんしょう》をローテーションで担当している。

修司のチームは月曜日が手術日で、その日は手術を終えたあとに病棟をまわり、患者の状態チェックや処置の指示書をだしたりと、週末にたまった仕事をこなすのに忙しかった。

ひととおりこなすとあっというまに十八時をまわっており、院内の売店で弁当を買って医局へ戻った。このあとも仕事はまだある。次の術前《じゅつぜん》カンファレンスの資料を作成しなければならない。

よけいなことを考えている余裕などないはずなのに、今日の修司は気がつけば携帯に意識をむけていた。

金曜の夜、あれから玲と番号を交換したのだ。

もちろん修司が玲の携帯をとりあげて勝手に登録したので、むこうから連絡が来るとは思っていない。

ただ、彼の番号が登録されているという事実が、修司の意識を引きつける。

玲は修司が眠ったあとホテルを抜けだしたようで、朝起きたときにはもう姿がなく、抱いたことが幻に思えるほどに玲の痕跡《こんせき》は消えていた。

唯一、あの夜は幻ではなかったのだと確信させてくれるのが携帯に登録された番号の存在で、意識してしまうと先週の出会いを思いだし、仕事中だというのに気持ちが引き戻されそうになる。

強引に、抱いた。

我ながら、かなり強引だったと思う。

ふざけた遊びをすることはあっても、人を傷つけるまねはできるかぎり避けてきたので、いままでに関係を持った相手とはかならず合意の上で及んでいた。というか、拒否されたことはない。

あんなまねをよくしていると玲には思われたようだが、弱みにつけ込んで、脅してまで抱こうとしたのは初めてだった。

反省はしている。しかし悪いのは自分だけではないという気持ちもある。自身の行動を正当化するつもりはないが、議員秘書という立場にありながら、あんな店に来る玲も不用意だ。捕まえたのが自分だったからまだ遊びじみた脅しごっこで済んだものの、これがもっと悪質な相手だったならば、あんなものでは済まないだろう。世間知らずにもほどがある。まったくどんな純粋培養《じゅんすいばいよう》だと腹立たしささえ感じてしまう。

そう思うのに、携帯へ目をむけると、腹立たしさよりも淫蕩《いんとう》な情事よりも、悲しそうだった彼の顔ばかりが思いだされた。同時に、このままだったらもう会うこともないとわかっていた。脅すような男と会いたがる者はいない。

放っておいたら、もう二度と会うことはない。

二度と、ふれあうこともない。

話すことも。

視線をかわすことも。

「……」

ふいに息苦しいほどの得体の知れない不安に襲われた。漠然《ばくぜん》としていた焦燥《しょうそう》と寂寥《せきりょう》が波のように次々と押し寄せて、次第に切迫《せっぱく》して胸に満ちてくる。それが極みまで満ちたときに、引き金を引くように修司の背が押された。

「ちょっと、電話してくる」

医局にいる後輩医師に短く言い置いて出入り口へ歩いた。

白衣をひるがえして廊下へ出て、非常扉から建物の外へ出る。医局のある建物は研究棟などのある区画で、病棟や一般外来とは離れており、人けはない。

片手を白衣のポケットに突っ込んだまま、気ぜわしく携帯の画面を見る。番号を交換したときは実際に電話するときのことなど考えていなかった。メモリーから呼びだした二桁の数字を目にしたら、むこうも仕事中だろうかと思ったが、指は迷わず通話ボタンを押していた。

こころもち、脈拍が速まる。

呼びだし音が長いこと続き、留守番電話に切り替わるだろうかという直前、繋がった。

『はい』

受話器越しに聞こえる硬い声は、先週じかに聞いたよりも機械的に響き、感情の起伏が感じとれない。だが切られる気配はなさそうで、すこしほっとしながら言葉を続けた。

「いま、だいじょうぶか」

『仕事中』

「忙しいのか」

『そう言ってるつもりなんだけど……』

「まわりに人は？」

ひそめた声のあいまに、かすかなざわめきが聞こえる。

『たくさんいる』

「……例の仕事関係の男も？」

つい口をついてしまった問いかけに、玲が一瞬言葉に詰まった。

『……用件は、なに』

「用件？　そうだな……」

無駄話をしている暇はなさそうだと察しながらも、焦らすようにまを空ける。

「これから、会わないか」

え、とかすれた声が聞こえた。

『これから、って……いま？』

「ああ」

『仕事中だって……』

「セックスするだけだ。すぐに済む」

『……』

「ばらされたくないんだろう？」

我ながら卑怯《ひきょう》だとは思うが、こうでも言わなければ玲はうんとは言わないだろう。しばしの沈黙とひそやかな吐息のあとに弱々しい声が続いた。

『そんな、急に言われても……、無理だよ』

「なにも抜けだせとは言わない。仕事が終わってからでいいさ」

『何時に帰れるかわからないよ』

「それは俺もおなじだ。こっちもまだ仕事中なんだ」

『だったら』

「だが、じき終わる」

玲が言い終える前に冷ややかに言葉を繋ぐ。

「当直でもないかぎり、朝になっても帰れないことは滅多にない。そっちだって、徹夜《てつや》の仕事じゃないんだろう。それとも議員秘書は二十四時間拘束《こうそく》されてるのか」

『……明日じゃ、だめかな』

今日はやっぱり無理だよ、と小声で懇願《こんがん》される。

「明日は休みなのか」

『違うけど、今日よりは、どうにか……』

なにがなんでも今日でないといけない理由はなく、修司もそれぐらいは譲歩《じょうほ》できた。

正直に言えば、修司自身も長時間の手術をした今日よりも明日のほうが、時間的にも体力的にも余裕がある。

「わかった。じゃあ、明日」

『時間は』

「仕事が終わったら連絡してくれ」

話を済ませて通話を切る。辺りは薄暗く、携帯の画面の明かりばかりが白々しかった。修司は苦い顔をしてしばらく携帯を見つめたあとで、ふっと糸が切れたように力の抜けたため息をつき、胸ポケットに携帯をしまった。

玲と繋がっていた物が、衣服越しに心臓と重なる。身体のぬくもりは機械には伝わるが、電波には乗せられない。

木枯らしと呼ぶにはまだ早い、湿り気を帯びた風が近くの落葉樹に吹きつけ、葉がかさかさと鳴る。両手を白衣のポケットにつっ込み、乱暴に踵を返したときに黄ばんだ枯葉が足元に落ちてきて、くしゃりと音を立てて踏みつけた。

翌日仕事を終えると先日のバーで落ちあい、修司の住まいへむかった。

メゾネットタイプのマンションは、地下の駐車場からエレベーターで直接玄関に続く。

「ひとりで住んでるの……？」

オープンキッチンのある広い居間は家族むけの造りで、しかも男のひとり暮らしにしては綺麗に片付きすぎている。玲の疑問は当然だった。

「ああ」

モデルルームのように生活感がないのは業者に家事を依頼しているからだが、その辺りのことは、修司の背景を知っている玲にはわざわざ説明する必要はない。

修司は上着を脱ぎ、キッチンへ足をむける。

「なにか飲むか。先にシャワーを……」

ふり返り、グレーのスーツに身を包んで所在《しょざい》なさそうに立っている玲の顔を見て足をとめた。

「具合が悪いのか」

バーも車内も薄暗く気づかなかったが、居間の蛍光灯の下で改めて見ると彼はひどく疲労の滲んだ表情をしていて、顔色も優れなかった。

「いや、そんなことは……」

「顔色が悪い」

お互いに仕事が遅くまでかかったため、時間は夜の十時近い。修司は仕事中に病院で夕食をとっており、玲もそうなのだろうと思い込んでいたが、はたして食べたのだろうか。

「食事は」

「……このところ、食欲なくて」

「今日はなにを食べた」

「え、と……ヨーグルト……昼頃に」

「それだけ？」

修司は歩み寄ると、玲の頬を親指で押しさげ、下まぶたを診察する。色を確かめて、続けて首を触《しょく》診《しん》する。

「あの……？」

玲がとまどったように見あげてくる。医師をしていることを話していなかったことに気づいたが、かまわず診察を続けた。

「眠れているのか」

「ん……ちょっと寝不足かな。昨日は忙しかったから」

「昨日、けっきょく何時に終わったんだ」

「午前様だよ。何時だったかな……」

「そこにすわって。吐きそうなら無理しなくていいが、だいじょうぶならなにか口にしたほうがいい」

玲をソファにすわらせ、修司はキッチンへむかった。冷蔵庫には惣菜《そうざい》のストックが入っているが、胃に負担がかかりそうな物が多い。

「なになら食べられる？　パスタでもよければ作るが、どうだ。お茶漬けぐらいのほうがいいか」

「え……作るって、修司が？　作ってくれるの……？」

大きな瞳が驚いたように瞬く。

「ほかに誰がいる」

「家政婦さんとか」

「たかがパスタを茹《ゆ》でるために、こんな時間に呼びだせと？」

それぐらい非道なことをしそうな男と思われているのだろうか。不機嫌に目を眇《すが》めると、玲が焦ったように答えた。

「じ、じゃあ、お茶漬けで。あ……すこしでいいけど」

修司は鍋に湯を沸《わ》かし、だし汁を作りはじめる。そのあいまに冷凍してあった鯛の切り身を解凍して軽く炙《あぶ》った。

「すごい……手際いい……」

修司の姿を眺める玲が言外《げんがい》に、なぜ、という驚きを込めて呟く。

「お茶漬け作るだけで驚かれてもな」

「いや、だってそんな本格的に作ってくれるとは思ってなかったし。……よく作るの？」

「いいや。だがこれぐらいは誰だってできるだろう」

「ぼくはできないよ」

炙った鯛をほぐしてご飯の上に載せ、海苔《のり》と白胡麻《しろごま》を散らす。だし汁と柚子胡椒《ゆずこしょう》を添えて盆に載せた。

「いまどき恥ずかしいけど、男子厨房《ちゅうぼう》に近寄らずって感じの古い家だし」

「いまも実家に住んでるのか」

「うん」

まるで親友だった頃に戻ったような、なにげないやりとりが心地いい。

玲がふらりと立ちあがり、食卓についたので、そこにセッティングしてやった。

あいかわらず顔色は悪い。けれどその表情は穏やかで、再会してからはずっと怯えたような顔しか見ていなかったことに気づいた。

キッチンのシンクにもたれて腕組みをすると、玲が上目遣いに窺ってくる。

「修司は、食べないの？」

「俺は夕方食べた。冷めないうちに食べてくれ。遠慮はするな。食べられなかったら残せ」

「……じゃあ、いただきます」

玲が遠慮がちに箸《はし》をとり、茶碗に口をつけた。のど仏《ぼとけ》をこくりと上下させ、感心したように目を瞬かせる。

「おいしい」

「それはよかった」

「あいかわらず、なんでもできるよね……」

玲が茶碗の中をしげしげと見つめて、ほうっと息をついた。

「そんなことはない」

「昔から、お金も人望も才能も、なんでも持ってる。できないことがあるようには見えないよ」

「できないことだらけだぞ。難しい治療はまだ任せてもらえんし、手遅れの患者は治せない」

数泊遅れて、玲があぁ、と頷《うなず》いた。

「医者になったんだ」

「そうだ」

「そういえば、医学部目指してたもんね」

修司の職業に関して、ようやく気がいったらしい。しかし玲はそれ以上なにを言うでもなく湯気を吹きつつ、すこしずつ茶漬けを啜《すす》っている。

その様子を見て、玲という男はいつもこうだったことを思いだした。高校時代、修司のまわりにいたのは親の肩書きや家柄をひけらかす者ばかりで、その一方で相手が自分よりも上か下かを無意識に判断し、態度を変える者も多かった。

けれど玲は人の見た目や肩書きに関係なく、ある意味マイペースというか、誰にでも穏やかでフラットな態度を貫いていて、一見するとふんわりした彼の中に独自の価値観と強い芯《しん》がある。初めはそんなところに惹かれたのだったと思う。

それにしても疲労が濃いようだった。修司がそばにいなかったら、茶碗を持ったまま眠りそうだ。

「議員秘書も大変だな。予定なんてあってないようなものなんだろう」

「まあ……イレギュラーなことは多いかもね。予定そのものも不規則だし」

「父親の秘書をしているのか」

「……うん。まあ」

「親子ならば気兼ねしなくてやりやすいものかな。お互いに甘えが出やすいとも言うが」

「仕事の話は……悪いけど、口外できないこと多いから」

玲は目をあわせず口ごもり、逃げるように茶漬けをかき込んだ。

「おいおい、世間話程度だろう。守秘義務《しゅひぎむ》は医者にだってあるが、患者に関してだけだぞ。政治家は親子関係も他人に言えないって言うのか」

「修司のお父さんは、ほら……政界にもすごく影響がある人だから……もしなにか伝わったら……」

正月から顔をあわせていない疎遠《そえん》な父に、わざわざ伝えるような深刻な話題が出てくるとは思えないし、聞きだすつもりもない。だが玲はそうは思っていないようだ。あまりの警戒ぶりに啞然とした修司だが、考えてみれば自分は玲から見れば害意のある男であり、無理もないことかもしれない。

とにかく、できるかぎり話したくないということか。

昔のような穏やかなやりとりを感じたのもつかのま、玲から発せられる拒絶の空気に、修司は反論する気も失せて息をついた。

「本当に、おいしかった。ごちそうさま……」

「食器はそのままでいい」

食べ終えて、食器を持って立ちあがろうとするのを制して修司は歩み寄り、玲の頰にふれた。元々色白な肌が透き通りそうなほど青ざめていたのだが、多少は改善されただろうかと観察していたら、柳眉《りゅうび》がかすかにひそめられ、目をそらされた。

キスされるとでも思ったのだろうか。伏せられたまぶたの奥の瞳は揺れていて、怯えているようにも見えた。

「風呂に入ってくるといい」

修司は手を離し、浴室の場所を示した。玲を浴室へ入れると、新しい衣類を用意してやり、キッチンへむかう。栓《せん》の開いた飲みかけの赤ワインをグラスに注ぎ、壁にもたれてひとりでぼんやり味わっているうちに来客用のパジャマを着た玲が戻ってきたので、入れ替わりに修司もシャワーを浴びる。

浴室を出て居間へ戻ると、玲はソファで寝入っていた。

こうなるだろうとわかっていた修司はとくに驚きもせず、黙ってソファへ近づいて寝顔を見おろした。

眼窩《がんか》がくぼんで、やつれた顔。

議員秘書も多忙な仕事だ。それなのに急に呼びだしたりしたから、仕事の調整が大変だったのだろう。それだけでなく、自分と会うのが嫌すぎて眠れなかったのかもしれないとも思えた。脅しといっても証拠があるわけでもないのだから嫌ならば無視すればいいのに、それができずに従順《じゅうじゅん》に従う玲の行動は、修司には理解しがたいところだ。

――俺が言えた義理じゃないがな。

修司は苦笑すると彼の湿った髪をそっと撫《な》でて、起こさないように静かに抱きあげた。大人の男だからそれなりの重さがあるはずなのに、女性のように軽く感じられるのは、骨格が華奢なせいだろうか。

「あ……」

客室へ運び、ベッドへおろしたところで玲が目を覚ました。至近距離で視線が絡む。

「寝てろ」

素《そ》っ気《け》なく言って、身体を離した。布団をかけてやり、戸口へ引き返そうとするととまどった声に呼びとめられる。

「え……し、しないの……？」

「具合の悪い相手を抱いてもつまらんだろう」

「で、でも……じゃあ」

「これから家に帰るのも面倒だろうから、寝ていけばいい」

「この部屋は」

「客室だ。俺は自分の部屋で寝る。疲れているんだろう。いいからさっさと寝ろ」

まごつく玲を残し、よけいなふれあいはせずにベッドから離れた。

その夜はなにもせずに朝を迎え、朝食をとる余裕もなく慌《あわただ》しく出勤の支度《したく》をした。

「修司、ここって最寄り駅はどこになる?」

「行き先は、家か、事務所か」

「家に」

「だったら車で送る。裏道を通れば、電車を乗り継ぐより早い」

「え、でも、修司も仕事が」

「俺はまだ余裕がある。いいから行くぞ」

もたつく玲を引っ張るようにして出発した。

高校時代の仲がよかったときでも、受験勉強は図書室を利用していたので玲の家にあがったことはないのだが、場所は知っている。修司の実家からさほど遠くない港区内《みなとくない》だ。渋滞に嵌まることなく慣れた道のりを進み、母校付近を通りすぎてしばらく行くと、閑静な住宅地にある屋敷の門が見えてくる。玲の家も旧家であり、古く品格のある門構えである。

ふと見ると門前にはスーツ姿の男がいた。

「斉藤《さいとう》さん……」

助手席の玲がちいさく呟いた。

家の前で車をとめると、その男もこちらに気づいて颯爽と近づいてきた。三十前後の眼鏡をかけた知的な風貌の男で、玲がドアを開けるやいなや声をかけてきた。

「おはようございます」

「お、おはようございます。あの、斉藤さん」

「朝帰りなんてめずらしいですね」

「な……、ち、ちが……そ、そんなんじゃありませんっ」

玲が彼にしては強い口調で即座に否定する。その顔は真っ赤だ。

「いま帰ってきたんでしょう？　それを朝帰りと呼ばずになんと言うんです」

斉藤と呼ばれた男がからかうように口元をほころばせる。眼鏡の奥の目元も甘くなごみ、とたんに怜悧《れいり》な印象だった彼の表情がぐっと色気を増した。

「あ……そ、そうですね」

「わかってますよ。女性といっしょだったら、さすがに私も口にしませんって」

ソフトな口調で、大人の包容力《ほうようりょく》を感じさせる男だった。

「おや、そちらは」

斉藤が奥にいる修司に目をむける。

「ああああとで説明しますからっ」

玲は車から降り、斉藤を急《せ》きたてるように背を押す。妙に焦る態度になぜか腹が立ち、修司は考えるより先に口を開いた。

「高校時代の友人です」

玲がドアを閉める前に自ら名乗り、車から降りる。

「川村といいます。初めまして」

あいさつしつつ、抜け目なく観察する。男女を問わずもてそうな、かなりいい男の部類に入るだろうと評価をくだし、斉藤という名を頭に刻んだ。すると相手も如才《じょさい》なさそうな笑顔を見せた。

「やっぱり。川村先生ですよね。私、昨年に先生のいる外科病棟でお世話になっていた者です」

その節《せつ》はお世話になりました、と斉藤は眼鏡のフレームに指を添えながら、スマートな笑顔を浮かべた。

そういう返しがくるとは予想もしなかった修司はやや面食《めんく》らった。

「ええと、失礼……」

「私の担当は西《にし》先生だったので、川村先生は私のことは覚えてらっしゃらないと思います」

「西先生というと、守谷《もりや》先生も担当ですね。私はチームが異なるので……担当でないとなかなか覚えていなくて、失礼しました」

「いえ。やけにいい男がいるなあと、こちらが勝手に覚えていただけですから」

「お身体は、もうよろしいんですか」

微妙に不穏《ふおん》な空気をまとって車から降り立った修司であったが、患者と知るや、表むきはすっかり医師の顔へと変貌《へんぼう》している。

「ええ、おかげさまで。しかし意外なところでお会いしました。玲さんとお友だちだったとは。私はこちらの顧問弁護士をしている斉藤という者です。よろしくお願いします」

「あの、斉藤さん」

玲がおどおどした様子で後じさりつつ、斉藤の腕を引っ張る。

「修司も急いで仕事に行かなきゃいけないから」

「あ、そうですよね。これは失礼。お引きとめしてしまいました」

「あの、修司、じゃあ」

早くここから去れと言われているようだ。

「おまえも急げよ」

時間がないことは事実なので、車に乗り込もうとしたとき、斉藤がさらりと見送りのあいさつをした。

「どうぞお気をつけて。玲さんのことはご心配なく」

それは、どういう意味だ。

ぴたりと動きをとめて男の顔を見返したが、読めない微笑を浮かべていた。

ひと言言いたくなったが、大人げないことをしでかしそうで自重した。他意はないのだろうと自分に言い聞かせ、かるく会釈《えしゃく》をし、玲に目配《めくば》せして乗車する。アクセルを踏んでゆるりと発進し、バックミラーへ目をやればふたりの姿が映しだされ、なにを話しているのか斉藤が玲の頭を撫でた。玲はあいかわらず真っ赤な顔をして、それを受け入れている。

再会以来見せたことのない、くつろいだ表情。

あの男には、そんな顔を見せるのか。

旧友だと言えば済む話なのに、なぜ紹介しようとしなかったのか。

仕事関係の三つ年上の男というのは……。

「……」

修司は前方を見据《みす》え、アクセルを踏み込んで加速した。

胸の中に薄黒い靄のようなものが漂い、充満する。

朝方にでも叩き起こして、抱いておけばよかったと思った。


週末、ふたたび呼びだした。

今度はバーではなく直接マンションに来るように指示していて、修司が仕事を終えて戻ると、エントランス前に立っている玲の姿が車のヘッドライトに照らされて浮かびあがった。

その前で車をとめ、窓を開ける。

「なにをしている」

咎《とが》める口調で問えば、玲が首をすくめて口ごもる。

「なにって……」

「とにかく乗れ」

玲が助手席に乗り込むと、修司は地下駐車場へと車を進めた。

「もし早く着いたら、中に入っていろと言っただろう。暗証番号を忘れたのか？」

「勝手に入るのはどうかと思って」

「エントランス内で待つだけだろう。なにも家の鍵まで教えたわけじゃない。外で待つだなんて、人目につくようなことをするのは立場上よくないんじゃないのか」

「うん……」

「次に呼びだしたときは、中で待ってろ」

車から降り、エレベーターに乗る。三階の自宅に着くまでのわずかな時間を機械のモーター音が支配する。

「……気遣ってくれるんだね」

玲が前をむいたままぽつりと言う。

「なにを言ってる」

機嫌悪く怒っていたつもりだったのに、自覚していなかった内心を不意打ちで見透かされたような気持ちになり、動揺して反射的に憎まれ口を叩く。

「おまえが自分でばらしたら、脅してる意味がなくなるだろうが」

「そうだね……」

家に到着し、玲にシャワーを使わせてから、先に寝室へ行くように言って修司も浴びる。

「食事は済ませたのか」

「うん」

髪を拭《ふ》きながら薄暗い寝室へ入ると、ベッドに腰かけた玲が心細そうに身じろぎした。

「ちょっと思ったんだが」

修司は無造作《むぞうさ》に照明をつけた。ふたりともバスローブだけ羽織っている。

「なに」

「もしかして、このあいだの男がおまえの惚れた相手か」

急に部屋が明るくなり、玲の表情が一瞬だけ無防備になる。それから焦ったように見あげてきた。

「彼は……、その」

絡んだ視線は動揺を隠せず、そらされる。

「斉藤さん、だったか」

修司はうっすらと笑みを浮かべて玲の正面に立ち、その髪にふれた。

「あの人じゃないよ……」

吐息のような返事は弱々しい。

「ほう。それは本当かな」

修司は表情を変えずに言い、玲の唇を指でなぞった。

「それとも、害が及ばないようにかばっているだけかな」

玲のこぶしが膝の上で硬く握り締められる。

「……本当でもうそでも、修司には関係ないじゃないか……」

低い早口で、めずらしくふてくされたような反論が返ってきた。

「それはそうだ」

修司は冷たく笑って小首をかしげた。

「ところで、今日は口でしてもらうかな」

「え……」

玲の視線が、バスローブに隠された修司の中心の辺りに恐々《こわごわ》とむけられる。

「すわって。それも脱いで」

声の調子をさげ、肩をつかんで引き寄せると、玲は不安そうにしながらも抗わずに従い、裸になって床に膝《ひざ》をついた。

修司はバスローブのあわせ目を開き、まだ兆していないそれを彼の眼前に晒《さら》した。

「咥《くわ》えて。やり方はわかるな」

玲が両手の指先でそうっと持つ。ちらりと、自信なさそうに修司の顔を見あげてくる。

「うまくできるとは、思えないんだけど」

「努力してくれ。俺を達かせるまで終われないと思うんだな」

玲は改めてそれに目をむけると、ひと呼吸して口を開いた。ピンク色の薄い舌を覗かせて、先端を口に含んだ。

「噛むなよ」

舌が絡みついてきて、ねっとりと吸われる。いちど口からだして裏を舐め、ゆっくりと、全体を口に含んでいく。

まったく期待していなかったのだが、圧《あつ》のかけ方と舌の使い方がうまく、修司のものは予想以上に早く成長していった。

「ん……ふぁ……」

玲の息遣いも、刺激となった。

眠っていた欲望がひそかな波音を立てて身体の中に満ちてくる。拒みようのない波は修司から理性を押しだし、肉体を支配する。

「うまいな……」

苦しそうに目に涙を滲ませ、のどを鳴らして口いっぱいに頬張《ほおば》る表情が劣情《れつじょう》を刺激する。腰を揺らし、太く硬く育ったそれをのどの奥にこすりつければ、玲の頬が涙で濡れた。

彼の泣き顔にますます興奮し、咥えられているそこがたちまちちりちりと熱くなってくる。

後頭部を押さえ、泣き顔を見おろしながら口を犯した。舌で圧をかけられるのは、後ろに挿入するのとはまた違った気持ちよさがある。

「玲、すごくいい」

「あ……む……」

褒《ほ》めてやると、玲は泣きながら一生懸命頑張って口のまわりを唾液で濡らし、滴り落ちる汁にもかまわずに奉仕する。

達かせようと必死になっている姿が好物《こうぶつ》を夢中でしゃぶっているかのように映る。苦しげな表情も裏腹に淫猥《いんわい》で、まるで咥えているだけで感じているようだった。

「出る」

快感が高まり、短く予告してのどの奥に射精した。

「んんっ」

むせたようなので、口を解放してやる。しかし玲は唇を閉ざし、修司の放ったものを吐きださなかった。

ごくりと、のどが動いた。

「飲んだのか」

意外な行動に、思わず、言わずもがなの確認をしてしまう。

「ん」

「飲めとまでは言わなかったが」

「……うん」

「好きでもない男のものを飲めるとは驚いた。そうしないと、もっとひどいことをされるとでも思ったか」

玲は答えず濡れた唇を拭い、なんども深呼吸をして胸を喘がせている。疲れてぼうっとした顔は達ったあとの恍惚《こうこつ》の表情にも似ていて、放ったばかりだというのに修司のものにふたたび熱を持たせた。硬度は持続している。

「後ろにも挿れてやろう。膝をついて」

修司はまだ息の整わない玲の腕をつかんでベッドに引きあげた。

「あ……」

「ほら、もっと脚を開いて」

四つん這いにさせて、明るい照明の下で双丘《そうきゅう》を開く。すると驚いたことに、隠れていた入り口はすでにひくつき、潤んでいた。

次に待ち受ける刺激を期待しての反応、というレベルではない。やわらかくほぐれていて、すぐにも太いものを挿れられる状態になっている。

「これは、どうした」

人差し指をそこに当てると、圧をかけなくても中へ飲み込まれていく。

「あ……、さっき、浴室で……、ぅ、ん……っ」

「自分でやったのか」

「慣らしておいたほうが、いいのかと思って……あっ！」

潜った指先をくの字に折り曲げてポイントを刺激すると、玲の細い背中がしなやかに仰《の》け反《ぞ》った。

「慣れてるじゃないか。ずいぶん準備がいいんだな。前回が初めてだっていう申告だったが、だとしたらまだこれで二度目だろう？　……やっぱり信じられないな」

「ふ……、あ……」

「そんなに待ちきれなかったのか」

「そ、ういうつもり…じゃ……」

「白々しいな。ここはこんなにいやらしいのに」

そこは三本の指を簡単に飲み込む。ぐるりとまわしてやると、玲が快感に鳴いた。

「っ……すぐに、終わらせて……、ほしくて……」

「うそだな」

修司は指を引き抜き、代わりに猛りを押し当てた。

「俺がほしかったんじゃないのか？　このあいだもずいぶんよがっていたものな」

先端をすこしだけ押しつけると、そのぶん入り口が開き、柔軟《じゅうなん》に飲み込もうとする。

「ほしいと思わなければ、自分で慣らそうなんて考えつかないだろう。もしかして今日だけじゃなく家でも、俺を思いだしてひとりでいじったりしたのか。あるいはほかの誰かに抱かれたか」

「して、な……っ、あ……」

「本当に？　この一週間、俺とのセックスをまったく思いださなかったか？」

「……、っ……」

返事は返ってこなかったが、答えは聞くまでもない。髪から覗く耳や首筋、それから背筋までもが恥じらうように染まっている。

修司は深く笑んで、焦らさずに奥まで差し込んでいった。

「ん……あぁ……っ」

すでに熱くぬかるんでいる中は修司の形を記憶していて、みっちりとフィットしてすべて収まった。

「あ……っ、……、奥……っ」

「ああ。奥まで広げてやってる。わかるか」

腰を持ち、じっくりと抜き差しを開始する。

「う、ん……っ」

後ろから犯すと、自分の硬いものが玲の尻をめいっぱい広げているさまが丸見えで、腰を引けば赤黒く怒張《どちょう》したものがぬらぬらと濡れた姿を現し、腰を進めれば滴《しずく》を滴らせながら、玲の開ききった粘膜の中へ埋没していく。

腰が燃えるほど熱い。

頭が沸騰する。

「こう、がよかったか」

前回知った場所を意識して攻めてやると、玲の背中が過敏《かびん》に反応してしなり、高い嬌声があがる。

「あ、あ……っ、そ、こ……っ！」

徐々に律動を加速させると玲が身体を支えきれずに上体を倒し、快感の波に溺《おぼ》れてシーツを握る。尻だけを高くあげてしならせた桃色の背中がしっとりと汗ばんで色気を醸《かも》し、修司も身を倒して背筋にくちづける。

「は……ぁ、あ……しゅう……、修司……っ」

啜り泣きながら名を呼ばれ、なにか錯覚を抱きそうになる。

「本当にこれが好きなんだな。ためしに今度、友だちをたくさん連れてこようか。相手が誰でも、何人でもこうなるのか」

「や……、や、だ……っ！」

「嫌か？　だが身体は誰でもよさそうだぞ。苛められるのが好きなようだし、本当はもっとハードなほうがいいんじゃないか」

「や、だ……修司……」

身体を揺すぶられながら、玲が必死に首をひねって見あげてくる。泣き濡れた目尻に差した赤みが艶を帯びて欲情を誘う。

「俺がいいか」

低く甘くささやいて、背筋を舐めあげた。

「ん……修司……が、いい……っ」

切れ切れの嘆願《たんがん》を聞いて満足し、激しく腰を打ちふるった。こんなふうに相手を貶めるような抱き方をしたことは、いままでになかった。嗜虐性《しぎゃくせい》が強いほうでもなく、ＳＭプレイは逆に興がそがれて苦手だったのだが、玲を相手にすると自分でも驚くほどに意地の悪い言葉が出て、身体が興奮した。

「ここにも、だすぞ」

「あ、あぁっ！」

気持ちはなくても、すくなくとも玲と身体を繋いでいるのは、いまは自分だけだ。斉藤は、こんな淫らな玲を知らない。彼ではこんなふうに喜ばせてやることはできない。そんなことを思いながらいっしょに高みへ昇り、玲の奥に熱を放った。

荒い息をついて身体を引き抜くと、玲を抱き込みながらベッドへ横になる。

今夜は時間があるからすこし落ち着いたらもういちど抱こうと思いつつ、鼻先にある彼の髪に顔を埋めた。

手慰《てなぐさ》みのように濡れた頬を指でぬぐってやり、汗で張りついた前髪をかきあげてやる。そのあいだ、けだるそうな玲はされるがままだ。

すこしやりすぎかとも思ったが、苛めればそれだけ玲の身体が喜ぶのが目に見えてあきらかなので、エスカレートしてしまった。

「そういえば、前回も中にだしたが、後始末を教えなかったな」

「……あとで出てきたよ」

「今日は手伝ってやろうか。もういちどしたあとで」

「いいよ、だいじょうぶ。自分でするから」

反省を込めて優しい言葉をかけてやり、解放後のゆるやかな余韻に浸ってまったりとしていると、玲が弱々しく話しかけてきた。

「修司はさ」

ひそやかなため息をつき、天井を見つめて言う。

「こういうシチュエーションがおもしろいって、言ってたよね……だから抱くんだって」

「ああ、言ったな」

「そう……」

なにを考えているのかわからない思いつめたようなまなざしが、頑ななまでに天井を見つめ続ける。

その言い方に引っかかりを覚えた修司は頭を起こして玲に覆い被さった。

「……おもしろい……の……」

「なにが言いたい。脅されている身としては、おもしろくないのかな。おまえもけっこう楽しんでいるように見えるが？」

玲を前にすると、おかしな方向へ突き進んでしまう癖《くせ》は直らないようで、修司は反省もわきへ押しやって性懲《しょうこ》りもなくからかい、キスを仕掛けた。そして二度目の交合になだれ込んだ。

細い腕が修司の背にすがろうとして、しかし行き場なくさまよった。

その後、玲とは週末ごとに身体を重ね、ひと月が過ぎた。

肉体的な親密度は深まり馴染んできたが、精神的な交流にさしたる変化はなく、互いの立ち位置は動かぬまま時が過ぎていた。

それが。

「休日の昼間？」

修司は目を丸くして携帯のむこうに聞き返した。場所は病院、昼の休憩時である。

『うん。無理にとは言わないけど』

「今度の日曜日なら空いているが」

『じゃあ、十時過ぎ頃に行くけど、いいかな』

「かまわないが、いったいなんだ」

『ん、その……ちょっとつきあってもらいたいところがあって』

玲が言いにくそうに口ごもる。

「どこに」

『海岸のほうで、食事、とか……』

一瞬、嫌な予感がした。

「……会わせたい相手でもいるのか」

『違うよ。ふたりだけだよ。なんていうか、たまには健全に外で会うのもいいかなと思って』

ちょっととっさに言葉が見つからなかった。

「食事……だけ？」

『そう』

「……。わかった」

会話を終えて通話を切るも、しばしその携帯を疑いの眼で見つめてしまった。

なんだそれは。というのが正直な感想だ。

連絡するのはいつも修司のほうからで、玲から電話がかかってきたのはこれが初めてだ。何事だろうとかまえて電話に出てみたら、食事に行こう、とは。

ただ食事をするためだけに外で会おうだなんて、それではまるで——。

「……デート……」

デート？

「え？」

修司は思わず口元を覆った。デート、という自分たちにはそぐわない発想をしてしまったことに、羞恥と言うべきか照れと言うべきか、言いようのない気持ちが込みあげてきた。

まさか玲は、デートのつもりで誘ったのだろうか。

「まさか、な……」

ただの気晴らしのつもりだろう。

否定してみるが、気晴らしならばなにも自分でなくとも、もっと身近な相手を選ぶのではないかとも思う。斉藤とか。

いったいどういう風の吹きまわしだろう。

修司は携帯を胸ポケットにしまい、心臓に押し当てた。

疑問と胸騒ぎを抱えながら仕事へ戻る。

その日は検査日で、主に内視鏡《ないしきょう》検査を集中しておこなう日だった。

冷静に検査をおこなう合間あいまに、頭の半分では玲のことを考えていた。

斉藤のことはどうなったのか。

自分は脅迫して強姦するような男であるのに、そんな相手を食事に誘うだなんて、なにを考えているのか。

考えてもわかることではないが、気になってしかたがなかった。

自分としては、玲とどうなりたいか、なんて——考えるまでもない。

本当は脅して抱くようなまねはしたくない。願わくば、玲自らの意志で求めてもらいたい。

日曜の食事は、ふたりの関係が変わるようなできごとになるのだろうか。

変えることが、できるだろうか。

仕事中というのに、プライベートのことばかり考えてしまう。

どうも浮《うわ》ついていた。

検査を終えて内視鏡室内の一角で記録をしていると、別室でおなじように検査をしていた後輩の守谷医師が、つつつ、とすり寄ってきた。

「川村先生、質問なんですけど」

「なんだ」

「彼女、できました？」

耳元でこそっとささやかれ、修司は眉を寄せた。

「なにを言ってる」

「とぼけないでくださいよ。僕と先生の仲じゃないですか」

どんな仲だというのか。すくなくとも恋愛報告をするような仲ではなかったはずだが。

「このところの先生の様子見てると、きっとそうだろうって思ってるんですけど。以前にも増して精力的に仕事こなして、週末は早く帰ろうとするし、電話見てそわそわしてることが多いし、昼にも電話してましたでしょ」

「なんだろうな……つまり彼女ができたと肯定《こうてい》すると、守谷先生の懐《ふところ》が潤うことにでもなるのか」

「いいえ、目減りします。でも代わりに精神的に潤えます」

守谷は修司に彼女ができたと予想しながら、あえて逆に賭《か》けたということである。どこかの看護師とでも、修司をネタにデートの約束をとりつけたのだろう。知らないところでなにを話されているかわかったものではない。呆《あき》れたまなざしで守谷を見返した。

「で、どうなんです」

「いない」

「ええっ、うそですよう。いるでしょう？　じゃあさっきの電話は誰だったんです。本当のことを言ってくださいよう」

「そう言われてもな」

玲を恋人と言っていいものなのだろうか。

どう考えてみても、それは違うだろうと思う。身体だけのつきあいで、そんな甘い関係ではないのが現状だ。

だが、先ほどの電話は……。

あれは……。

「ほら先生、いま彼女のこと考えてるでしょ」

ずばり指摘されて、修司は苦笑した。しかたがないので、すこしだけ本音を漏らすことにする。

「微妙なところかもな」

「えー、それじゃ困るんですけど」

「でもな。本当に、そうなんだ」

微妙ですかあ、と守谷が腕を組む。

「二、三日後に質問したら、いると答えてくれたり？」

「わからないって。いい加減仕事させてくれ」

日曜日は、デート。

もしかしたら週明けには「いる」と答えることになるかもしれない。

想像したら、修司は心が浮きたつような落ち着かない心地がした。


日曜日は空気が爽《さわ》やかに澄んだ秋らしい天候となった。

服は前の晩から選んでおいた、ターンブル＆アッサーで仕立てたクリーム色のシャツにブリオーニのキャメル色のジャケットを羽織り、こげ茶のパンツをあわせた。どんな店に行くつもりかわからないのでネクタイも準備し、締めずに鞄《かばん》に入れた。

髪は普段より念入りに整えて支度を終え、時間が余ったのでコーヒーを淹《い》れて飲んで待つ。やがて玲の来訪が告げられたのでエントランスへおりていった。

「あ……こんにちは」

淡い色あいの品のよいジャケットにベージュのコーデュロイパンツを着た玲が、ぎこちなくあいさつしてきた。会ったときのあいさつなどしたことがない。大抵は修司が「待たせた」「あがってこい」

と言うのに玲が頷くだけである。

いつもと違う昼間の逢瀬《おうせ》、いつもと違う修司の雰囲気に、なんとなく呑まれて口にした感じである。

今日は自ら誘ったという気負いもあるのかもしれない。

「いい天気になったな」

「そうだね」

「で、どこに行くんだ」

「それなんだけど」

玲が上目遣いに見あげてくる。

「遠出しても、いいかな」

「国内か」

「もちろん。えっと、鎌倉《かまくら》とか……いい？」

遠出というほどでもない。かまわないと修司は頷いた。

「それで、誘っておいてなんだけど、ぼく、車運転できなくて……」

「俺の車でいいだろう。場所は案内してくれ」

「ごめん。よろしく頼みます……」

申しわけなさそうに眉をさげる玲に、かわいいな、と修司は内心思った。

いつものように修司の運転で車を走らせ、首都高《しゅとこう》に乗る。絶好の行楽日和《こうらくびより》で渋滞が予想されたが比較的空いており、都心を離れると湾岸線《わんがんせん》まわりで爽快《そうかい》に飛ばした。

「ドライブ日和だね」

玲が空を眺めながら話しかけてくる。わずかな緊張を見え隠れさせながらも努めてリラックスして喋ろうという意志が伝わったので、修司もあわせて、やわらかく返した。

「そうだな。こう天気がいいと、運転していて気持ちがいい。そういえば運転できないと言っていたが、免許を持っ——と、失礼」

「なに？」

「運動音痴のおまえに免許がとれるわけがなかった。忘れていて、つい失礼にも尋ねようとしてしまった」

「その変な気遣いのほうがよっぽど失礼だと思うのはぼくの気のせいなんだろうか……」

「持ってるのか」

横目で見ると、玲はぐ、と詰まって口を尖らせていた。

「持ってない。理由はご推察のとおりです」

冗談のつもりで言ったのに、当たっていたとは。修司は瞠目《どうもく》し、それからくくくと笑った。

「まさか」

「ぼくが運動苦手なの、覚えてたの？」

「伝説だろう。いまだって、よく転びそうになるし」

「伝説は言いすぎだよ」

「だったら今度どこかで俺が話せば、誇張《こちょう》じゃなく立派な伝説になるな。よし、誰に話すか」

「やめてください。下手に話したら、ぼくが免許とれるまで特訓するとか、変なトレーニングマシーンを開発するとか、はた迷惑な企画が持ちあがりそう」

「よくわかってるじゃないか」

洋楽のアップテンポの曲にあわせて転がるように会話は弾《はず》み、時が経つのも忘れて他愛《たあい》のない話に花を咲かせた。一時間後に鎌倉へ入ったときには、あまりに早く着いた気がして驚いたものである。

目的の店は鎌倉の市街から離れた老舗料亭《しにせりょうてい》で、情緒《じょうちょ》ある景色を眺めながら食事を終える頃には、出発したときに見られた緊張やぎこちなさも払拭《ふっしょく》されていた。

「あのね、できれば、このあともう一ヶ所つきあってほしい場所があるんだけど」

店を出ると、玲が改まって切りだした。心なしか顔が赤い。

「今日はどこへでもつきあうつもりだが。今度はどこだ」

「す……水族館」

予想外の行き先を聞き、赤い顔を凝視してしまう。

「子供みたくてごめん。この際だからというのも変だけど、いちど行ってみたくて、その、嫌かな」

「嫌じゃないが……、ここの風情《ふぜい》との落差はなんだと思っただけだ」

デートの行き先に水族館とは、修司の発想にはまるでなかったが、一般的には定番のデートスポットなのだろう。そう思えば気持ちが乗ってきた。

「悪くない。行ってみようか」

さっそく立ちあがり、新たな目的地へと出かけることにした。

海岸へ出て、西に走ったところに水族館があることは、玲がリサーチ済みだった。

館内は親子連れが圧倒的に多く、混雑していた。

「知らなかった。人気があるんだな」

「だね。驚いた」

若いカップルも多いが、課外授業の一環で来ているのか、意外と男子高校生グループが目立った。わいわい騒いでふざけあう学生を見て、自分もあんな時代があったことを懐かしく思いだす。

「はー。おもしろい魚がいるんだね。サギフエだって」

玲は水槽を泳ぐ魚たちに夢中で無防備だった。人の波や駆けまわる子供にぶつかりそうになり、ふらふらしていて危なっかしい。

修司はちらりとほかの客の様子を窺い、若いカップルの多くが手を繋いでいるのを確認すると、玲のとなりに並び立った。

「修司、あの魚の――」

玲のセリフがそこで途切れる。修司が、黙って手をとったからだ。

「修……」

動揺した顔が見あげてきたが、修司は澄ました顔で水槽を見ながら、しっかりと指を絡めた。

「免許もとれないほど運動神経がないんだ。危ないだろう」

「あの、でも」

「誰も見てないさ」

館内は暗く、人の意識は水槽へ集中しているから気にする必要はないと諭《さと》した。本当のところはけっこう見られていそうだが、かまわない。

本物の恋人同士のように、手を繋いで歩きたかった。

玲は黙ってしまった。うつむく首筋が赤くなっているようにも見える。表情はわからないが、ふり払うことなくおとなしくついてきてくれて、嫌がっているようには感じられなかった。

斉藤のことは、諦めがついたのかもしれない。修司に気持ちが傾いた、だからデートに誘ったのだと、推測が徐々に確信に変わり、期待に胸が膨らむ。

「あ、あ、修司、待って。カニ見たい」

しばらくしてふと足をとめた玲に、生きているのか死んでいるのかわからないぐらい動こうとしないタカアシガニの水槽へ引っ張られた。

「綺麗な熱帯魚や大きなエイもいいけどね、こういうのも親近感を抱くんだよね」

「カニに親近感？」

「うん。ぼくも脱皮したいな、とか……」

「なんだそれは」

修司は噴きだした。

「変かな」

「変とは言わないでおくが、俺にはちょっと思いつかない発想だな」

「あのね、さなぎから蝶に変わるみたいな劇的な変化じゃなくて、すっごく地味なところがいとおしいんだよね。脱皮しても、見た目はほとんど変わらないんだ。でも、すこしだけ、成長してるんだ。すこしだけ、すこしずつだけど、確実に大きくなってるんだ」

「そういう言われ方をされると、なんだか格好よく思えてくるな」

「でしょ。親近感湧く？」

「やばい。湧きそうな気がしてきた」

玲がくすくすと無邪気《むじゃき》に笑う。

握った手を握り返してくれる。

修司も高校生のような顔で笑い返した。

「あ、イルカショーがはじまるって」

「ほう。行くか」

せっかくなので、親子連れに混じってショーを観覧する。こういうところでは格好つけるよりもノリをよくしたほうが楽しめると知っている修司は積極的に声をだしてイルカたちに声援を送り、ショーを盛りあげるのにひと役買った。そういうふざけ方はしないと思っていた玲もつられたように声をだし、互いに顔を見あわせて笑いあった。

遠慮の消えた玲の笑顔に修司の胸が躍《おど》る。

まるで学生時代に戻ったかのようなひとときだった。

実際の高校時代は、玲と遊んだことなどなかった。だが本当は、こんなふうに接したかったのだといまさらながらに思い知らされる。

ショーのあとは海岸が一望できるテラスに出て、ふたりで大きく伸びをしながら海風を胸に吸い込んだ。

「これほど見ごたえがあると知っていたら、もっと早めに来るんだったな」

「ほんとだね」

陽はすでに西に遠のいて、空を赤々と燃えあがらせていた。海の波間に浮かぶサーファーは黒い点となって風景に溶け込んでおり、暮れ残る橙《だいだい》色《いろ》の光が細氷《さいひょう》の緻密《ちみつ》さで水面に反射していつまでも輝きを和らげず、玲の横顔を優しく照らした。

テラスの人けはまばらだが、ぽつりぽつりとカップルが寄り添っている。彼らの影が長々と横たわり、修司たちも影だけ見れば寄り添っているようだった。

「ほんとに――」

斜め前に立って波を眺めていた玲が、ふいにふり返る。

「楽しかったね」

夕日の輝きに照らされて見あげてくる顔は、こぼれ咲く花のような満面の笑顔。

息を呑むほど印象的に修司の瞳に焼きつき――言葉が出ない。

「なに」

「……いや」

つい見惚《みと》れてしまったのをごまかすように、風で乱れた髪をかきあげた。

さわさわと海風が吹く。

さわさわと、身体の中に吹き込み駆け抜けていく。

くしゅん、と玲がくしゃみをした。

「風が冷たくなってきたね。名残惜《なごりお》しいけど、そろそろ帰ろうか」

「そうだな」

東京へ戻る道中は互いに口数がすくなくなっていた。

耳に残る潮騒《しおさい》のざわめきが時間とともに高まり、ハンドルを握る手に力がこもった。

「あ、ねえ修司。ちょっとこの先、曲がってくれる？」

首都高をおりて母校付近を走っていたとき、玲が予定外の方角を指し示した。

「ここを？　どこに行くんだ」

疑問に思いながら、修司は素直に従ってハンドルを切る。

「うん――あ、ここでとめて」

言われたとおりに静かに車を車道のわきに寄せ、停車させる。そこは整備された広い公園だった。

玲に誘われて車から降り、園内へ入った。

すでに陽は落ちて辺りは暗く、ぼんやりとした街灯が灯《とも》っている。煉瓦《れんが》の小道の両脇には紅葉した木々が植えられ、絵本の世界のように幻想的な景色の中に、ふたりきりだった。

「ここ、覚えてる？」

「なんのことだ」

「高校の頃に来たところだよ。いちどきりだけど」

修司は辺りを見まわしてみるが、覚えがなかった。

「三年の、春だったなあ。いっしょに勉強しようって修司に誘われて、なぜか学校の図書館じゃなくて区立図書館に行こうとかいう話になって。でも行ってみたら休館日で、その帰りがけに寄ったんだよ。勉強するはずが、修司、桜の木の下で眠っちゃって」

言われて修司も思いだした。あれはどうにかして学校以外の場所に玲を誘いだしたかったのだ。

「ああ、あそこか。ずいぶん雰囲気が変わったから気づかなかった」

「昔はもっとこぢんまりしてたよね。区画整理もして、整備されたみたいだね」

小道が終わり、開けた場所に出た。記憶ではその中央に大きな桜の老木があったはずだが、なくなっており、代わりに噴水が造られていた。

「桜……古い木だったから、枯れちゃったのかな」

玲が噴水を見つめながら、寂しそうに呟く。

「そうだよね。もう九年も経つから……変わらないほうがおかしいんだよね」

なんだろう。しんみりとする玲の横顔は、ただ感傷《かんしょう》に浸っているだけではなく、どことなくいつもと違う雰囲気がした。

「修司は、高校の頃と変わった？」

「……まあ、な。それは変わるだろう」

肯定してみせたが、本当は、玲に対して素直になれないところなど、自分でも嫌になるくらい全然変わっていないと思う。

「再会した日、修司は僕のことを変わったって言ったけど、中身は全然変わってなくて……」

思うところがある様子で、玲の瞳が決意を秘めたような色をしていた。

「僕も、変わらなきゃいけないいんだよね」

陽が落ちて強まった風が波のように木々をざわめかせている。

ふたりの貴重な思い出の場所。

いまならば素直な気持ちを伝えられそうな気がした。

そう、自分も変わりたい。いまのままでは高校の頃とおなじだった。今度こそ素直になって、想いを——。

「……も、やめよ」

胸を高鳴らせて息を吸い込んだ刹那《せつな》、玲の声が耳に届いた。

「――え？」

「会うの、もうやめよう」

声のちいさい玲にしてははっきりした口調だったので、言葉自体は聞きとれたのだが、その意味を理解するのに時間を要した。ふいに頭を叩かれて一瞬ぽかんとする子供のように、ぼんやりしてしまう。

「ぼくがゲイだって、ばらしてもいいよ。だからもう、修司とは会わない」

予想だにしなかった投げかけに不意打ちを食らった修司は、とっさに言葉が思いつかなかった。

「なにを急に……」

「急じゃないよ。ずっと考えてた」

玲の横顔は静かだった。不安も怯えもない。街灯の白い明かりに照らされたその顔からは確固《かっこ》とした決意だけが感じとれる。

「……」

木の葉が風に吹き飛ばされて虚空《こくう》を舞いあがり、足元に落ちた。

衝撃がじわじわと襲いかかってくる。息苦しさを感じて無意識に胸元に手を当てた。

――どうして。

理由を問いただそうかと思った。が、聞くまでもないことだった。脅すような男とは、早いところ縁を切りたいと誰もが思うだろう。

ばらしてもいいと言われてしまっては、もう脅せない。引きとめられない。

まっすぐに見つめてくる玲を、呆然と見るしかなかった。

「じゃあ……」

玲が短く告げて、一歩さがる。

なにも言えずに黙っていると、彼は踵を返して去っていった。

その足音が消えると、予想以上の衝撃の強さに耐えきれなくなった修司はきつく目を瞑ってしばらくその場に立ち尽くした。

夜空に突き刺さるほどに鋭利《えいり》な月の光が冴《さ》えすぎて、ひとりになる気分でなくバーへ立ち寄った。

「いらっしゃいませ」

まだ開店したばかりの店内に客の姿はなく、マスターの落ち着いた声がよく響いた。

マスターはいつもの愛嬌ある笑顔で迎えたが、修司の表情を見てとるなり笑顔を引っ込めた。暗い顔になにかを察したのだろう、よけいなことは言わずに静かにグラスを磨《みが》く。

修司は先月とおなじ席に腰かけて、メニューを眺めた。

「なににいたしましょう」

頃合を見計らって尋ねられた。

「幻の――」

「はい」

「金木犀のカクテルは、もう終わってますよね」

ひとり言のように尋ねると、マスターが小首をかしげる。

「『金木犀の記憶』ですか。ええ。申しわけありませんが、あれは一週間の期間限定メニューでしたので、終わってしまいました」

「本当に幻なんだな……」

「申しわけありません」

「いや、わかっていましたから。訊いてみただけです」

それきり注文を決めかねてぼんやりとメニューを眺めた。

「金木犀の花はおつけできませんが、カクテル自体はお作りできますので、それでもよろしければ」

沈黙にしばらくつきあったマスターが執事《しつじ》のように思慮深いまなざしをして提案してくれたが、修司は薄く微笑んで首をふった。

「花の香りを思いだしたくなっただけなんです」

「……なにかありましたか」

「昔とおなじ失敗をしましてね。まったく成長していない自分に落ち込んでいるところです」

九年前もおなじだった。玲に惹かれ、繋ぎとめたくて、でもどうしたらいいのかわからなくて暴走して自爆した。あのときとなんら変わっていない自分にほとほと呆れる。

「……なにをやってるんだか……」

「失敗、ですか」

「ええ。ばかなことです」

手にしていたグラスを静かに棚《たな》にしまったマスターが、新たなグラスを磨きはじめる。

「人間、そう変われるものではないのかもしれませんね。なんどおなじ失敗をしても、やっぱりまたくり返してしまう。私などは最近では、その変われない愚《おろ》かな部分が愛しく思えたりもします」

失ったものの大きさを思うと、己の愚かさを愛しく感じられるほど、修司にはまだ達観《たっかん》できそうになかった。

「カニは着実に成長するのに……」

「はい？」

「いえ、なんでもないです」

訪れてみたもののマスターに失恋話をする気にもなれず、スコッチを一杯飲んで自宅へ戻ったのだが、広い家のキッチンでひとりで酒を飲む頃には己のばかさ加減につくづく辟易《へきえき》していた。

玲も、最初に脅されたときはパニックになって正常な判断ができずに流されたかもしれないが、拒もうと思えば簡単に拒めるお遊びの脅しだったことにはまもなく気づいたはずであり、それなのに捕らわれていたのは、それを望む気持ちがあったのではないのか。

最近ではそんなふうに自分に都合のいいように考えていたのだが、違ったようだ。

ほかに好きな人がいると知りつつ、脅して身体を奪うという非道なことをしておきながら、甘いことを考えていたといまさらながら虚《むな》しく思う。

別れたときは訊いてもしかたがないと思ったが、そういえば斉藤とはどうなったのだろう。

もしや気持ちが通じたのだろうか。通じなくとも、なにか変化があったのだろうか。それが自分との不毛な関係に終止符を打つきっかけになったのだろうか。

気になったが、考えるのも不毛だった。どちらにせよ玲が自分のほうをむくことはないのだ。

せめて、これまでのことを謝罪し、許しを乞いたい。だがそれも、すでに前をむいて一歩踏みだした玲には煩《わずら》わしいだけか。

今日のデートの意味も謎だが、いまとなってはどうでもいいことだった。玲にとってはデートなどではなく、ただ関係を終わらせるためのけじめのようなものだったのだ。

「ばかだな……」

泥炭《でいたん》のような悔恨《かいこん》と虚しさが胸に広がってゆく。

本当は再会したときからわかっていた。

玲のことがいまでも好きだったのだ。

だからこそべつの相手を好きだという彼の言葉に嫉妬《しっと》し、無理やり抱いた。

九年間、何人かの男と関係を持ったが、恋人と呼べるほどの関係になった者はいなかった。それは玲への気持ちが心の片隅に残っていたからだと痛いほどに気づかされ、これからもこの気持ちを抱えていくのだろうと確信に似た予感を覚える。

スコッチの入ったグラスを傾けて寒々とした居間を見渡すが、そこに玲の残していったものはひとつもない。先週末もここで抱きあったはずなのに、優秀な業者が完璧に整えてくれるおかげで、玲に関するものは記憶しか残されていない。

舌の上に苦い味がやけに残る。飲んでいるのは泥炭香の強いアイラのスコッチ。その香りに混じって金木犀の残り香がどこからか漂った気がしたが、意識したときには消えていた。

金木犀はとうに散っている。香りの記憶が鼻の奥に残っていただけかもしれない。

それはまるで玲とのつかのまの時間のようで、修司は苦い想いを押し込めるように残った酒を呷《あお》った。


翌朝は冬にむかって一段と冷え込む朝だった。

東京の紅葉もそろそろ見頃を迎えており、赤く灼けた桜の葉が風に身を震わせて落ち、隠していた景色を垣間《かいま》見せる。

病院の駐車場から建物へむかって歩いていくと、昨夜の強風に煽られて散った枯葉が地面を覆い尽くしていて、歩くたびにくしゃくしゃと乾いた音を立てて修司の気持ちを逆撫《さかな》でる。さらにはなにげなく踏みしだいた枯葉の下に水溜りが潜《ひそ》んでおり、手入れされたばかりの革靴を泥まみれにした。

ついてないなと顔をしかめながら医局へ顔をだせば、守谷に、

「川村先生、あのー、先週尋ねた件なんですけどー」

と出会い頭《がしら》にのんき気な調子で話しかけられ、頬が引き攣《つ》りそうになった。いや、はっきりと引き攣った。

「なんの話だ」

「ほら、彼女ができたかって訊いたじゃないですか。そろそろ訊いてもいいですかあ？」

わざとつっけんどんに言ってやったのに、察することのできない男は不粋《ぶすい》な質問をくり返す。

まだ傷口は塞がらず、ふれたくないできごとなのに、賭け事のネタとして自ら公表するだなんていったいなんの罰ゲームだろう。

笑って答える余裕などなく、修司はじろりと守谷を睨んだ。

「ふられた」

口の端を引き攣らせながら答えてやると、守谷が目を丸くした。

「え！　……って、またまたあ。先生をふる人なんているわけないじゃないですか。彼女ができたか、それ以上のことを詮索《せんさく》するつもりはないんで正直に答えてくださいよ」

「……」

黙って睨み続けていると、さすがの彼も理解してくれたらしい。

「……マジですか？」

「ああ」

「え、えーと、それは残念でしたね。でもほら、先生ならすぐにすごい美人の彼女が見つかりますよっ。あ、今度みんなで飲み会なんてどうです」

焦って軽薄なフォローをする守谷に、修司は冷ややかなまなざしを送る。

「守谷先生」

「はい」

「気持ちはありがたいんだが、しばらくそっとしておいてくれないか。こう見えて、かなり落ち込んでる」

「……すみません。その、元気だしてくださいね」

このあと病棟へ行ったら、スタッフたちの哀れみの視線を浴びることになるのだろう。逃げるように去っていく守谷の背中を見て、暗澹《あんたん》たる気分になった。

だが守谷の質問は予想されたことだったからまだいい。翌日はまったくもって運の悪いことに、いま誰よりも会いたくない人物に遭遇してしまった。

「おや、先生」

外来の廊下で斉藤にばったり行き会ったのである。

「お久しぶりです。斉藤です」

あいかわらずすれ違う人がふり返るほどの、いい男ぶりである。

この男が玲の惚れた相手なのだと思うと、彼に非はないのにムカついてしまい、不機嫌な対応をしそうになる。そんな子供のような男だから、玲にもふられるのだろう。

声をかけられて無視はできないので、さすがに足をとめた。

「……こんにちは。今日はどうされましたか」

「いつも飲んでいる薬をもらいに来たんです」

診察は終えたようで、処方箋《しょほうせん》を手にしていた。

「そうでしたか。お疲れ様です。身体の調子はよろしいんですか」

「ええ、本当にお陰様で。ありがとうございます」

寒くなってきたのでお気をつけてと常套句《じょうとうく》でも言ってさっさと切りあげようとした修司だったが、処方箋をつかむ彼の指に、指輪があるのを見つけた。

左手の薬指である。記憶が定かではないが、以前はしていただろうか。

よせばいいのに気になって、疑問が口をつく。

「失礼ですが、ご結婚されてたんですか」

修司の視線に気づき、斉藤が照れたように笑みを深めた。

「や、じつは先日婚約しまして。その節は玲さんにもお世話になったんです」

「……玲に……」

好きな男の結婚の世話。そんなもの、好きこのんでする者はいないだろうに、どういういきさつがあったのか……。

玲はもしかしたら、斉藤の婚約が決まったから自棄《やけ》になってばらしてもいいと言ったのだろうか。

「ああ、そういえば」

斉藤が思いだしたように眉をひそめた。

「このとおり僕の調子は快調なんですけど、玲さんが……」

修司は打って返すようなすばやさで反応した。

「玲がどうしました」

「先生は最近、玲さんと連絡は」

「……日曜日に会いましたが」

つい口調が硬くなったが、斉藤は気づかないようで、首をかしげる。

「では先生もご存知でしょうか。彼、なにかあったのかと思いまして。こんなことを勝手に喋ったら怒られてしまうかもしれないのですが、このところ調子が悪いようなんですよ」

「と言いますと」

「食事をあまりとれてないようで。受診したほうがいいと勧めているんですが、先生からも言ってやってくれませんか」

「それはいつ頃からです」

「どうでしょう、このひと月ぐらいでしたかね？　でもとくに昨日今日はひどいかな」

このひと月といったら、自分の脅しのせいかもしれないが、日曜で関係は終わったのだから現在は回復していていいはずだ。それなのに悪化しているとは、原因は斉藤の婚約のせいではないのか。

「以前もそんなことがあったから心配なんですよね」

婚約者のことで頭がいっぱいなのか知らないが、口では心配と言いながら微笑を見せる斉藤の態度に腹が立った。完全な八つ当たりである。

「……ご心配なく。あなたに心配されなくても、玲のことは俺が診ます」

大人げないがそれ以上留まっていられず、失礼、と素っ気なく言ってその場から離れた。

玲がまた食事をとれないほど参っている。そんな話を聞いたらいてもたってもいられない気持ちになった。

自分のほうが玲を大事にしてやれる。斉藤が結婚するなら玲も諦めるだろう。血が昇った頭で考えた矢先、しかしそれ以前に玲には拒絶されていたことを改めて思いだし、己のしたことを後悔した。

玲は俺が診るなどと格好つけたことを言ったが、むろん連絡できるはずがない。

無性に会いたい。

せめて、声が聞きたかった。

しかし会えるはずもない。連絡などしたらよけいなストレスを与えるだろうと思うと、医師としての純粋な心配も許されない。

「くそ」

胸に激しい渇《かわ》きが込みあげ、発作的《ほっさてき》に壁を叩きたいような暴力的行動を身体が求めて燻《くすぶ》った。

身動きのとれない自分に苛立ち、悶々《もんもん》と過ごしながらもその週の仕事を金曜までどうにか乗りきり、翌、土曜日。その日は日直で、基本的に医局で待機し、病棟や救急外来などから呼びだされたら対応にむかうという形であるのだが、やたらと外来が多かった。ただ緊急性の高い患者はおらず、緊迫感はない。午前中最後の呼びだしは術後フォロー中の患者で、定期薬を平日にもらいに来れなかったというものだった。

ひたすら恐縮する相手を笑顔で送りだし、やれやれと診察室を出る。呼びだされるのはいいのだが、医局と救急外来が遠く離れているのがネックである。この往復が時間のロスだよなと思いつつ廊下を歩きだしたところで救急搬送口《きゅうきゅうはんそうぐち》が開いた。救急車が横づけされており、担架《たんか》に乗せられた患者がおろされる。

修司は呼ばれていないので他科だろうが、なんとなく見守っていると。

「――え？」

その顔を見て、心臓がとまりそうになった。

横たわっている患者は、玲だった。

「ちょ……っ」

反射的に駆け寄る。玲は腹を抱えるようにして背中を丸め、歯を食いしばっている。顔色は青を通り越して土気色《つちけいろ》となり、ひたいには脂汗《あぶらあせ》が浮かんでいた。

「玲！　おい、玲っ」

柄にもなくとり乱して呼びかけるが、目を瞑って苦悶《くもん》の表情を浮かべている玲からは反応が返ってこない。

処置室へ運ばれていく担架についていくと、見知った消化器内科の医師が待機していたので勢い込んで名乗った。

「一外の川村です。この患者、友人なんです。そこで偶然遭遇《そうぐう》しまして」

「私もいま連絡を受けたんですけど、腹痛だとかで……この方、うちの内科の入院歴があるんですね」

だからここへ運び込まれたようだという。

「入院？」

「ええ、胃潰瘍《いかいよう》で。たしか——」

救急隊員が報告に来たので話はそこで中断される。それによると、玲は街なかで激しい腹痛に襲われ、倒れ込んだらしい。

「とりあえず痛みどめか。ええと——」

内科医が指示をだし、スタッフが対応に駆けまわる。突然の出来事にとまどいながらも、修司は邪魔にならないように離れて見守った。

玲は意識はあるのだが、受け答えもままならないほどの激痛に襲われているようで、修司がそばにいることにも気づいていないかもしれない。

一刻も早く痛みをとり除いてやりたいものだが、部外者の修司には手をだすこともできず歯がゆく、勝手に動きだしそうな身体を抑えるために腕を組んだ。とそこで、修司の院内用携帯が鳴る。よりによってこんなときに。そんな場合じゃないのに、と舌打ちしてしまうが、電話の相手もそんな場合じゃないのだろう。無視するわけにはいかない。

「はい。なにか」

病棟からの電話だった。抑えたつもりだが苛立ちが声に滲んでしまう。

『えっと？　あれ、川村先生、ですよね』

病院では常に紳士的に冷静に対応するはずの修司の、らしくない対応に、相手は面食らったようだった。

「ああ、失礼。いま、友人が救急に運ばれてきたものでね。どうしました」

声を和らげ、少々言いわけをしてから用件を聞き、通話を切る。

処置に行く必要がある内容だった。検査結果が出たら知らせてくれるように内科医に声をかけると、まもなく玲は検査室へ運ばれていき、修司も病棟へむかうために、しかたなくその場を離れた。

玲のことが心配で、仕事はほとんど上《うわ》の空《そら》の状態になってしまい、これではいけないと思うがどうしようもない。

なんとか意識を集中して処置を終えると、しばらくして携帯が鳴り、手にしていたボールペンを放りだして急いで携帯をつかむ。

相手は内科医からだった。

『川村先生、一内《いちない》の岡山《おかやま》です』

修司は固唾《かたず》を呑んで返事をした。

『お友だちですけどね、胃痙攣《いけいれん》のようです。ほかにとくにこれといった所見《しょけん》はなくてですね、様子を見て問題なければばご帰宅いただけるかと思いますよ』

「そうでしたか……ご連絡ありがとうございます」

胃痙攣。ならばそのうち痛みも治まるだろう。ほっとしてその後の仕事を終わらせると、修司は外来へ戻った。

玲は処置室のベッドで点滴《てんてき》を受けて眠っていた。運ばれてきてから数時間が経過しており、鎮痛剤《ちんつうざい》が効いたようだ。穏やかな寝顔をしている。

修司は寝顔を見おろし、起こさないようにそっと髪を撫でた。

内科医の姿はすでになく、スタッフもほかの患者の処置に追われているようで部屋にいない。

詳しい検査データを確認しておきたくて、修司は室内にあるパソコンで玲の記録を呼びだした。

「この電解質《でんかいしつ》……ちゃんと食事しろよ……」

データは不摂生《ふせっせい》によるものと思われる乱れが目についたが、内科医の診断のとおり大きな問題はなく、入院する必要はなさそうだった。

ついでに過去の入院記録にも目を通す。

胃潰瘍での入院で、期間は二週間、日付は三ヶ月前になっていた。

再会するひと月前ではないか。

「ついこのあいだ、か……」

入院していたのがそれほど最近だったとは思っていなかった。修司はあくまでも外科医なのだが、おなじ消化器科の内科病棟にもちょくちょく足を運ぶ。玲が入院していた時期も当然足を運んでいただろうから、気づかず接近していたこともあったかもしれない。

そのときに気づいて自然に話しかけることでもできれば、無理やり抱くなどというばかげた行為に及ぶことなく、ふつうの友達からはじめられたかもしれないのにと夢想しかけ、しかしけっきょくは我慢できなくて愚行《ぐこう》に走っただろうと自嘲する。

胃潰瘍の既往《きおう》があるのならなおさら食事には気をつけなくてはいかんだろうと心配しつつ記録を読んでいき、とある一文に目を通したとき、マウスを動かす手がとまった。

「……死、亡……？」

それによると、玲の父親は昨年他界していた。

さらに読み進めれば、玲の職業は議員秘書などではなく、民間の商社となっている。

目を疑う記録である。

最初はほかの患者データとの入力ミスではないかと思った。それが事実ならば、この二ヶ月の修司との不毛な関係に説明がつかない。

カーソルを動かし、添付《てんぷ》されている玲の保険証のコピーを確認してみる。結果、おなじ会社の名称が記載されていた。

「……。なぜ」

記録にまちがいはなさそうだった。ということは、議員秘書という肩書きのほうが事実ではないことになる。

「どういうことだ……」

玲は父親や彼自身の社会的立場から、スキャンダルになるのを恐れて修司の脅しに従ったはずである。しかし一般人だったのならば、脅しに効力はない。修司に脅された時点で、そんなことは脅しにならないと言い返すことができたはずではないか。

もちろん一般人でもゲイだとばらされたくない者は大勢いるが、訂正しないのは腑《ふ》に落ちない。

隠す意味がわからない。

修司はこめかみを押さえて黙考してみたが見当もつかなかった。

「……玲……？」

静かにふり返り、眠る玲を凝視《ぎょうし》した。

「……修司……」

点滴を終えて目覚めた玲は、室内に修司がいるのを知って身をこわばらせた。

「気分は」

「ん……だいじょうぶ。もう全然なんともない」

「問題なければ帰っていいという話は、聞いたな」

「うん」

玲は目をあわせようとせず、もごもごと答えながら起きあがる。

「先生に、修司が心配してたって聞いた。迷惑かけてごめん」

「迷惑なんてしてないが。それより問題ないならそろそろ帰るから支度してくれ。家まで送る」

え、と玲が見あげてくる。

「でも、仕事中じゃ」

「もう終わった。救急車で運ばれてきたんじゃ、帰りの足がないだろう」

「だけど、タクシーもあるし……」

「俺も帰るから、ついでだ。もっと言えば、点滴が終わるのを待っていた。だから乗っていけ。ほら、上着着て」

「う、うん。ごめん……」

断れないように急かして上着を渡せば、玲はふらつくこともなく立ちあがり、身支度を整えた。それから事務処理を終えて病院をあとにする。

「あんなに痛かったのに、うそみたいだ」

外は夕暮れどき。薄暗い車の中で、玲が腹を撫でながら呟く。

「死ぬかと思うほど痛いらしいな」

「まさにそう。なのにいまはなんともないんだ。ご飯もいくらでも食べれそうなほどだよ。大騒ぎして、なんだか恥ずかしい」

「胃痙攣はそういうものだ。大事なくてよかったじゃないか」

「そうだけど、救急車にまで乗って。絶対、前よりひどいことになったんだと――っと」

「なんだ？」

「ううん、なんでもない」

微妙にぎこちない空気をごまかすように玲が明るい声をあげたが、それが逆に車内の空気をいっそう不自然にさせ、会話を途切れさせた。

重い静寂。

前方の信号が赤に変わる。修司は車の速度を落とすと、おもむろに話しかけた。

「そういえば、さっきの内科医、岡山先生に聞いたんだが。おまえ、三ヶ月前に入院してたんだな」

「あ……うん」

「俺があそこに勤務していたことを知っていたか？」

玲のまとう空気がにわかに緊張した。数秒待つが返答が返ってこない。

「玲？」

「あ、う、うん。えっと、斉藤さんが話してたの聞いて……」

「入院中は知らなかったか」

玲がまた黙る。

信号が青に変わり、修司はアクセルを踏み込んだ。

無言で車を走らせ、また思いついたように口を開く。

「先日、たしか月曜日だったか、その斉藤さんと病院で会ったんだが、聞いたか？」

口にした直後、玲が焦ったように修司の横顔へ視線をむけた。

「え、聞いてな……、彼、なんて」

「おまえの体調を心配してたな。食事をとらないとか」

「ほかには……？」

「なんだったかな」

修司は揺さぶりをかけるように言葉を切り、玲の様子を窺う。

流れていく明かりが映しだす玲の横顔は硬く張りつめ、両手は膝の上で落ち着かなげにしている。

車はまもなく玲の家に到着しようとしていた。

「ところで玲」

「な、なに」

修司は玲へ鋭い視線を流した。

「おまえ、仕事はなにをしてるんだ」

「え……それは、だから、その――」

「父親も他界しているようだが」

玲の家に到着し、修司は空いていた駐車スペースに車をとめると、エンジンを切った。

「玲」

「あ、あ、あの、送ってくれてありがとう、もう会わないとか言ったのに迷惑かけてごめん。それじゃ」

玲はどもりながら早口で告げ、車から出ようとする。しかしロックがかかっていてドアは開かない。

「まだ質問に答えてないぞ」

修司はゆったりと身を起こし、怯える玲へむき直った。

「なぜ、俺に抱かれた。どういうことだか、説明してくれ」

この場かぎりの言い逃れは許さないと、真摯なまなざしでひたりと見据える。

「なぜうそをついたのか、話すまでここから出すつもりはない」

玲は追い詰められた子兎のように身をすくませたが、口を開こうとせずうつむくばかりだ。

「玲」

「……うそ、というか……」

「ああ、たしかにおまえは黙っていただけで、積極的にうそをついたわけじゃないな。だが俺が誤解していると知っていただろう」

修司はドアへ張りついている玲ににじり寄り、手を伸ばして膝にふれた。

「玲」

言い渋る玲の視線が、膝にふれた修司の骨ばった手に落ちる。

「俺は理由が知りたいだけだ。ひどい理由だったとしても、報復しようなどと思わないと誓うから、教えてくれ」

「報復って……たぶん修司にとってはたいしたことじゃ……」

「じゃあ、話せるだろう？」

修司は促すようにささやきかけ、答えを待った。

玲は迷うように口を開き、閉じると、窓のほうへ顔をそむけた。

ふたたび静寂が訪れる。陽はすっかり落ちて、辺りは夜の気配に染まり、車内まで届く街灯の明かりが霞《かすみ》のようにぼんやりとふたりを包んでいる。

「言ったら、軽蔑《けいべつ》するよ……」

「それは話を聞いてから俺が判断することだろう。とにかく話してみろ」

「……」

「玲」

長い沈黙ののち、玲は諦めたように深く長いため息を吐きだした。

「……抱かれたかったから……」

聞きとれぬほどちいさな声が、震えながら告白した。

「黙っていれば抱いてもらえるんだもの。そりゃ、隠すよ」

「……それは」

思いがけない答えに、修司は目を瞬いて玲の横顔を見つめた。

「修司はお遊びでぼくを抱こうと思ったわけでしょう。本当は秘書じゃないってことをばらしたら、関心をなくしてそれっきりになると思ったんだ。修司はぼくに男との経験があると思ってたみたいだけど、本当に、修司が初めてで……」

たしかにばらすと脅してみたり、それを楽しんでいるふうを装っていたから修司が本気ではないと玲が思うのは当然なのだが、しかし抱かれたかったというのは……。

「それは……つまり、男と寝てみたかったということか」

「まさか！」

玲がぎょっとしてふり返った。

「そんなんじゃないよ。誰でもいいわけじゃない。そうじゃなくて……ぼくは、修司だから……」

緊張のためか、見あげてくる大きな瞳が潤みだした。肩を震わせながら息を吸った彼が、修司の目を見て一瞬躊躇《ちゅうちょ》してから、こらえるようにぐっと眉を寄せる。

「ぼくは……修司が、好きなんだ」

ふりしぼったようなかすれた声が、修司の胸に飛び込んできた。

「身体だけの関係でもいいと思った。だから、黙ってた」

穴が開くほど凝視してくる強い視線に負けた玲が、すこしだけ下をむく。

「好きって、俺のことが？　しかし――」

その可能性は、考えなかったわけではない。しかしそれだと納得のいかない疑問がいくつも生じることになるので除外していた。期待して、裏切られたばかりだ。にわかには信じられず、なにかに騙されているとしか思えなかった。

「かなり嫌がってたじゃないか。最初なんて、とくに。誘ったらはっきり嫌だと言っただろう」

「最初は、だって、あのときは誰でもいいんだろとか言われて。誰でもよくはないもの。そんなふうに思われたくなかったし、とにかく混乱して、なにがなんだかってぐらいパニックだったし、初めてでめちゃくちゃ緊張してたから。その後は、できるだけ気持ちを顔にださないように気をつけるようにしてたんだけど」

玲が恐る恐る、上目遣いに窺ってくる。

「ぼくの気持ち、ほんとに気づいてなかった……？　抑えきれないことがよくあったから薄々感づかれてるんじゃないかと思ってたけど……。わかっててからかってるのかなって」

「まさか。いや、すこしは好意があるのかと思ったりもしたが、だがおまえ、もう会わないって言っただろう。あれはいったい……」

「本当に、好きだったから。それだけじゃ、耐えられなくなってきて……」

「だから会うのをやめようとした、というのか？」

玲がこくりと頷く。

「じゃあ日曜日に出かけたのは」

「最後の思い出作りにと思ってつきあってもらったんだ。勝手な気持ちにつきあわせてごめん」

「ならば、好きな男——三つ年上の仕事関係の、という話は、あれはどういうことだ」

修司は矢継《やつ》ぎ早《ばや》に問い詰める。真実を知りたいがゆえに、知らず、詰問するような口調になってしまい、玲が怖がって身をすくませた。

「……適当に話をあわせただけだよ。訊かれたとき、好きな人がいるって思いっきり顔に出ちゃった気がしたから。まさかそれが修司だとは言えなかったから、ごまかさないとって」

「斉藤さんは」

「斉藤さん？」

玲がきょとんとした顔をした。なぜその名前が出たのかわからないといった様子だった。

「おまえが好きなのは斉藤さんじゃなかったのか」

「彼は関係ないよ。彼が関わってるのは父の死後のゴタゴタや母の会社のことで、ぼくの仕事とは関係ないし。ぼくはあの人の歳だって知らない」

つきあいは長いので聞いたことがあったかもしれないが覚えてないという。それぐらい興味がないらしい。

「だが、ずいぶん気にしていただろう」

「だって、修司の病棟に入院してて、面識があったみたいだから……。ぼくの秘密をなにかの拍子にばらされたら困るじゃないか。できるだけ近づけたくなかった。ぼくが入院してたことも知れたら、記録からばれると思ったから、それもやっぱり黙ってた。……本当にごめん」

けっきょく斉藤ではなく玲自ら救急搬送されたことによって、危惧《きぐ》していたとおりに秘密が露呈《ろてい》したわけであるが。

「……いつからなんだ、俺が好きだっていうのは」

本当なのだろうか。

信じたい。信じさせてほしい。

だが話によると再会したときには修司が好きだったことになり、それでは辻褄《つじつま》があわなくなる。といって高校の頃からというのもまたおかしくはないか。あれほど露骨に避けられていたのだから。

その問いかけに、玲の頬が夜目《よめ》にもわかるほど赤くなった。

「……高三のときに、修司に、その、身体をさわられたことがあって……覚えてないかもしれないけど」

覚えているに決まっている。修司の心臓がどくりと震えた。

「俺の家に来たときか」

「そう、あのとき、かな。はっきり自覚したのは」

「うそだろう。おまえ、嫌がっただろうが。その後も避け続けたし」

驚きの言葉は、口にだしたら思った以上にきつく責める口調になった。

「だって……、あのとき初めて自覚したんだよ？　男相手なのにってパニックになったんだよ。修司はただの遊びだって言うのに……言えるわけない」

玲は眉を寄せていまにも泣きそうな顔をしながらも、息を継いで続ける。

「友だち以上の気持ちを持ったなんて知られたらきらわれるだろうし、修司に近づいたら、それまでみたいにふつうに接することなんてできそうになかった。面とむかっただけで顔が赤くなりそうで、どうしたらいいかわからなくて」

身体のわきに置かれた玲の指先が震える。

「ぼくが突然態度を変えたから修司がとまどってたのもわかったけど、でもやっぱりどうすればいいかわからなくて、避けているうちに距離ができちゃって……それで……話しかけたくても話せなくなって……」

「まさか」

そういうことだったとは、と肩から力が抜けそうになる。語られた心情はこうして聞けば無理もないものと思えたが、あの当時は本当に落ち込んだのだ。言ってくれればよかったのにと思うが、それは自分にもおなじことが言える。

ひと言好きだと言っていれば、これほど遠まわりをして時間を無駄《むだ》にすることはなかったのに。

「うそだろう……」

ほかに言いようがなくて修司はぼやいてみたが、心臓は激しく動きはじめている。

日曜にどん底まで落とされたおかげですぐには信じられなかったが、玲の言葉が徐々に身体に浸透して現実味を帯びる。それに伴い彼の膝にふれている手が震えそうになったので、いったん手を離した。発しようとする声も震えそうになり、片手で口元を覆った。

「あ……」

その修司の反応を拒否と受けとめたらしい玲は、苦しげに瞳をゆがませた。

「……ご、め……」

必死に平静を保とうとするように、膝の上で両手が握り締められるが、震えは治まらない。

「……好きになっ……ごめ……」

大きな瞳に見るまに涙が盛りあがり、溢れそうになって顔をうつむかせた。

「うそついてまで、抱かれようとするなんて、気持ち悪いよね。迷惑だってわかってる……。でもほ

んとに好きで、忘れられなくて……っ。忘れようとしたけど、全然だめで。だから、修司にとっては
ただの遊びだってわかってても、抱かれたかった。すぐに飽きられるだろうけど、それで、も――」

震えながら握り締められた玲のこぶしの上に、ぱたぱたと涙が落ちる。

「ほ……んと、ごめ……、っ……」

切々と想いを溢れさせる彼を、修司はたまらず抱き寄せた。

「修――」

もうなにも言うなというように、玲の後頭部へ手をまわしてきつく抱き締める。

「俺も」

「……え?」

「俺もだ」

九年。それほど長いあいだお互いにおなじように淡い想いと後悔を抱き続けていたとは。

切なさで胸が痛み、修司も涙が出そうだった。

「俺も、ずっとおなじ気持ちだった」

こらえきれない想いを、愛しい人の耳元へ熱く吹き込む。

「遊びなんかじゃないんだ」

長年の想いを教えるように、唇を重ねた。

「家に寄っていく……？」

キスのあいまに玲が胸を喘がせながら遠慮がちに誘ってきた。身体の熱が高まったからというだけでなく、修司の手が服の中に忍び込んできたのに気づいたためだろう。

「……そうだな。防犯カメラに延々とキスシーンを録画するのもどうかと思うし」

いたずらっぽく笑んで、駐車場に設置されているカメラを視線で示してやると、玲はその存在にいま気づいたとばかりに狼狽して真っ赤になった。

「うわ……知ってて、こんなことしちゃうんだ」

「だいじょうぶさ。泥棒でも入らないかぎり、画像の確認なんてしないだろう？」

鷹揚《おうよう》に言ってのけると、赤い顔の玲がうらめしそうにかわいく睨む。

「そんな顔をされると、この場ですぐにも抱きたくなるんだが」

「な……」

絶句した玲はさらに顔を火照《ほて》らせて、車から出ようとドアにつかまる。修司は笑ってロックを解除した。

「家の人は」

「祖父母と母が母屋にいる。妹が母屋の奥の家を使ってて、ぼくはここ」

敷地内にいくつか屋敷があり、そのうちの手前にある二階建ての離れが玲の住まいだった。外見は瓦屋根《かわらやね》の入母屋造《いりもやづく》りの家だが、玄関に入るといまどきの明るい様相をしている。

「寝室は？」

「二階、だけど、その」

「いますぐ抱きたい。嫌か」

「……シャワーとか」

「いらない。おまえが嫌じゃなければ」

修司の情熱的な言葉に、玲は顔といわず服から覗く肌をすべて赤くしながら「こっち……」と先に階段をあがった。

ベッドがあるだけのシンプルな部屋へ着くなり、修司は待ちきれずに玲の腰を引き寄せた。

性急な仕草で身体をまさぐり、唇や首筋にキスを落としながら服を脱がせていく。玲もいつになく積極的に修司の服を脱がそうとしてくれて、急速に身体が熱を帯びていく。

「あ……ん……」

ふたりとも上半身裸になると、修司は玲をベッドに横たわらせ、ズボンと下着を脱がせた。すんなりとした姿態を改めて見おろし、綺麗な身体だとしみじみ感嘆する。今日は隅々までたっぷり愛したいという欲求に従い、身体中に指と舌を這わせ、足の指一本一本にまでくちづけた。

「あ……そんな、とこ……っ」

「感じる？」

「や、だ……シャワー、浴びてな……っ」

「気持ち悪いならやめるが、そういう理由なら、やめない」

舐めると、ときおり痙攣を起こしたように指がぴくんと反応する。丁寧に時間をかけて舐めあげると、今度は玲の手をとり、指を一本口に含んだ。

見せつけるように舌をだし、ねっとりと指の股に這わせてから人差し指と中指の二本を咥えると、付け根まで飲み込んで、ゆっくりと引きだしてみせる。

玲の濡れた視線がそこに集中する。その陶然《とうぜん》とした表情を見つめ、誘惑するようにいやらしく舌を絡めて、指を抜き差しした。

「今日……修司、なんだか……いつも以上に、やらしい……」

恥ずかしそうに言う玲の唇は長いキスによって熟した果実のように赤く染まり、濡れた目元もなまめかしい。舐めまわされたおかげで乳首のみならず胸も腹も身体中が濡れ、いまにも溶けだしそうな様相の彼を、修司は言葉どおり頭から食らいついてしまいたい欲望に襲われる。

「玲もな。すごくいやらしい顔してて、そそられる」

「……ん、……」

修司はちらりと下方へ視線を走らせる。身体中にキスしたが、わざと中心にはふれていなかった。しかしそこはすでに勃ちあがり、興奮を示している。

「本当に感じやすいな……どこをさわってもこんなになる」

「だって……、修司にさわられてると思うと……」

「かわいいことを言う」

空いた手で乳首をきゅっと摘むと、玲が快感に身体を震わせた。

「あ……っ、な、なんか……いつもと違う……」

「どう違う」

「修司も、だけど……僕も、その、身体が……」

「感じやすくなってるな」

玲の身体は元々反応がよかったが、今日はとくに敏感になっているようだった。どこもかしこも感じていて、さわればさわるほど身体の熱を高めていた。

両想いだとわかったためだろう。想いが通じると、身体の反応までもがこうも変わるものかと感嘆する。修司も、玲の身体にふれるのが嬉しくてしかたがなく、肌をあわせるだけで興奮して熱くなった。

「もっとかわいがってやる。脚、開いて」

恥じらう玲の脚を自ら割り開かせると、その中心にあるものに修司は顔を近づけた。

幹をつかみ、蜜を垂らす先端を舌でつついて、溢れてくるものを舐めとる。くびれの部分まで口に含むと、玲が淫らな吐息を漏らす。

「は……っ……」

すこしだけ硬度の増したそれを頬張り、唇で締めつけながら飲み込んでいく。

「ん……ん、ぁ…修司……っ」

頭を上下させて抜き差しして追い詰めていくと、先端から先走りの蜜が溢れ続け、玲の内股に震えが走る。玲は絶え入るような声を漏らし、手近にあったクッションを引き寄せて顔を埋めていた。

このまま達かせてもいいのだが、玲の意向も訊かずに思いのままむしゃぶりついている自分に修司はふと立ちどまる。

「本当のところ、どうされるのがいい」

いまにも達きそうなそれをいったん解放し、顔をあげて尋ねた。

「どうって……」

「苛められたほうが感じるか」

苛めたことしかないのに、どちらが感じるかと訊かれても返答に困るだろうが、尋ねてみる。すると玲はクッションから顔を覗かせ、目元を赤く染めながら答えた。

「や……優しくして、ほしい……」

「わかった」

言うなり修司は玲の両脚をさらに大きく開かせ、その奥に潜む入り口に唇を寄せた。

「な……っ」

べろりと舐め、尖らせた舌を中へ潜らせていく。

「や、やだ……っ、あ、あっ……」

驚いた玲が悲鳴をあげた。足をばたつかせて逃れようとするので、押さえ込んで愛撫を続ける。

「あ……、っ、そんな、とこ……舐め……っ、…で……っ！」

「こら、暴れるな」

そこから甘い蜜が出るのだと言わんばかりに夢中で舐めとる獣のごとく、荒い息を吐きだしながらしゃぶりつく。

「だ……、だ……って……や、ぁ……」

頬を尻にぴたりと寄せて奥まで舌を差し込み、ぐちゅぐちゅと音を立てて抜き差しをすると、玲の啜り泣く声が聞こえてきた。

「な……なんで、……優しくって……っ」

「優しくしてるつもりだが。気持ちよくないか？」

いきなり指を入れるよりは丁寧な愛撫だろうと修司は思う。玲の羞恥心も理解しているつもりだが、身体のほうはしっかりと喜んでいるのもわかる。わかっていながら尋ねた。

丁寧というよりも執拗な愛撫で入念に入り口を広げ、前や袋もいじってやると、玲が切迫したような震えた声をあげる。

「……っ、じゃ、じゃあ、意地悪で、いいから……っ」

「どっちなんだ」

苦笑して舌を離し、代わりに濡らした指をあてがう。抵抗なく入った指の腹でいいところを刺激してやれば、玲は淫らな嬌声をあげて腰をくねらせ、匂いたつような色香を見せた。

「だ、め……もう……っ」

限界が近いようで、玲がひくひくと泣きながら、興奮しきった自身のものに手を伸ばす。自らいじるのかと思いきや、絶頂をとどめるように付け根を握り締めた。

「なんだ？　我慢せず、達くといい」

「や、だ。修司といっしょに」

視覚からの刺激だけでも腰が疼《うず》いて抑え難いほどなのに、そんなふうに誘われて我慢できるはずがなかった。修司自身も早くひとつになりたくて、痛いほどに滾っている。身につけていた残りの服をすばやく脱ぎ捨てると、押さえつけられていた中心が腹につくほど反り返った。

「……」

どくどくと脈打つそれに玲の視線が注がれる。期待のためか、のどを鳴らしていた。

修司も玲の脚を広げ、濡れそぼった入り口を改めて目にしたら、中の味わいを想像して唾を飲み込んだ。脈打つそれを入り口にこすりつけ、間髪入れずに玲の熱い内部へ自身の熱を埋め込んだ。

根元までひと息に貫く。

「あ、あ――！」

修司の侵入とともに中が熱く激しくざわめき、やわらかく潤《ほと》びていたはずの粘膜がきつく締まる。

玲の全身がびくびくと震え、握っていたはずの先端から解放の証《あかし》が放たれた。

「あ……」

それだけで達くとは、と目を瞠ったが、玲自身も驚いたようで己の汚れた手を呆然と見つめている。

「挿れただけで達ったのか」

中の収縮《しゅうしゅく》は治まらず、修司に誘うような陶酔《とうすい》を伝えている。

「俺といっしょに達くんじゃなかったのかな」

からかうと、目尻に涙を溜めた玲が済まなそうな顔をした。

「ごめ、なさ……」

「謝ることはない」

修司は目で笑い、玲の胸に指を伸ばした。赤く腫《は》れた乳首にかかった白濁《はくだく》した精液を掬《すく》いとり、自分の口へ運ぶ。

「いくらでも達けばいい」

舌をだして指をぺろりと舐め、艶《あで》やかに微笑む。直後に、玲の内部がきゅうっと蠢いた。

修司は細腰を引き寄せ、初めから激しく攻め入った。

「あ、あっ……、ぁ……っ、すご……、っ……」

玲が声をあげてすがりついてくる。

意識が飛びそうなほど、いい。

繋がったところから身体が蕩けてしまいそうだった。

「あ…っ、……ど、どうしよ……」

「なんだ」

「んっ……すごく……ぁ、……よ、くて……っ、どう、して」

「俺も、すごくいい……」

心の底までしっかりと結びつきたくて深いところを突きあげれば、血が沸騰するような興奮と酩酊《めいてい》感《かん》を呼び起こし、この男が愛しいという、それ以外なにも考えられなくなる。

「玲」

想いを通じさせて初めての結合は全身が痺れるほどの快感と、それ以上の感動を修司に与えた。

「――好きだ……」

ふたりは泥のように溶けあい、飽きることなく幾度も愛しあった。


カーテンを開け放ったままの窓から朗々《ろうろう》とした月明かりが差し込む。身体の熱は落ち着いてきて、夜気を肩に感じた。

修司は横たわる玲を抱え込むように寄り添いながら、どっぷりと反省に浸っていた。

夢中になって二度も三度も抱いてしまったが、玲の体調は本調子ではないはずだった。本人はだいじょうぶだと言っているが、実際のところ無理をさせたと思っている。現に玲は指一本動かせないほど消耗《しょうもう》している。

医師としてどうなんだ、と己の適性を疑いたい。

「すまない」

「ううん。嬉しかったから」

殊勝に微笑んでくれる恋人が、無性にかわいい。毛布をかけ直してやり、汗の引いたひたいにしっとりとくちづけを落とした。

「明日は休みか」

「うん。修司は？」

「休みだ」

「じゃあ、その」

「明日はいっしょに過ごすか」

「……うん」

玲は子供のようにこくりと頷き、それから思いだしたようにふふと笑った。

「なんだ」

「ううん。高校の頃、ぼくが政界に入るなんて言ったこと、よく覚えてたなあって思って。僕自身、そんなこと言ったの忘れてたのに」

過去に玲からもらった言葉は、我ながら滑稽《こっけい》なほど鮮明に記憶していた。

「ご先父《せんぷ》が健在なときも、関わっていなかったのか」

「ちょっとだけ。でもぼくの性格で政界なんて無理だと父も悟ってくれて。修司は、なんで気づかなかったのかな」

「すっかり思い込んでいたな」

参議院議員の訃報《ふほう》ならば大きく報道されていたはずだが、仕事に追われて情報を得ていなかった。知っていれば、さすがに玲の職についても確認したのだろうが。

「ちょっと調べればすぐにわかることなのに。そうしようとしないのは、やっぱり遊びでしかなくて、ぼく自身に興味がないからだろうなって思ってた」

責めるでもなくさらりと胸中を語られ、修司はいたたまれない気持ちになる。

「すまない。俺は抜けたところがある。ほかにも勝手に思い込んでいることがありそうだ」

ひと言言わなかったがためにすれ違うのはもうたくさんだ。まだ誤解があるならいまのうちに解いておきたいとひとしきり思いをめぐらし、ひとつ残っていたことに気づいた。

「そういえば、あのバーにいたのはなぜだ」

偶然の再会だとばかり思っていたが、玲の告白を聞いたあとではしっくりこない。

「あー、あれは、ね……」

とたんに玲は頬を赤らめ、恥ずかしそうに修司の胸にひたいを押しつけた。

「忘れて」

「そう言われるとよけい知りたくなる」

「あまり言いたくないんだけど……」

「誤解はもうしたくない。この際洗いざらい話しておけ」

「うー……」

「玲」

やわらかな髪を軽く引っ張って催促すると、彼の重い口が渋々開いた。

「……三ヶ月前に入院したときに、修司があの病院に勤めてたことを知ったんだけどね」

「やっぱり知ってたのか」

「うん」

修司は気づかなかったが、玲は病棟で修司の姿を見かけていたという。

「あの日は、退院後の経過報告みたいな感じで外来受診して、ついでに知人のお見舞いもしたんだけど、その帰りに、勤め帰りの修司の姿を見かけて、その……あとをつけたんだ」

「つけるといっても、俺は車だったが」

「タクシーを使ったんだ。なんだか……どうしても修司と話したくて……変なまねして、ごめん」

「それで店まで来たのか」

「てっきりふつうのバーだと思ったんだ。タイミングを見計らって、偶然の遭遇を装おうとしたんだけど」

それがあのような結果になったということだった。

「人生どう転ぶかわからんな」

「すまない。まさか、好きな人に脅されるなんて」

「ほんとだよ。おまえがほかの男を好きだと思っただけで、頭に血が昇ってしまって見境をなくした」

「ほんとに修司って強引だよね。でも……」

「でも？」

「そういうとこ、好きだよ」

口にしたあとで恥ずかしくなったのか、玲が赤くなった頬を、修司の腕にすり寄せてくる。

そんな恋人のかわいい仕草に修司は頬を緩ませて、そのやわらかい髪を撫でた。

「それにしても、見つけてよかった」

あそこで玲に気づかなかったら、こうして結ばれることはなかっただろう。こんな幸せな気分になれることもなかった。感慨深い思いに浸りながら、玲の髪にそっとくちづけた。

「さて。いい加減、腹が減ったな。なにか口にできそうか。いろいろなお詫びを兼ねて、食事を作ろうかと思うが」

夕食というよりは夜食の時間になっている。このままベッドにいるとまた抱きたくなりそうだったので、修司は身を起こした。

「いろいろ？」

「ああ、いろいろだな」

玲が吐息で微笑んだ気配がした。

起きたついでにカーテンを閉めに窓辺へ寄ると、庭に大きな金木犀が植えられているのが見えた。

常緑《じょうりょく》の小ぶりの葉が艶やかに月光を浴びて、控えめに、静かな存在感を示している。

来年はここで、金木犀のカクテルを飲むのもいいかもしれない。

ふたりでならきっと楽しく飲めるだろう。

修司はその思いつきに顔をほころばせ、カーテンを閉めた。

春を抱く香り

六日ぶりに修司《しゅうじ》に会う。

雨あがりの土曜の午後、玲《れい》は弾む足どりで修司のマンションへむかっていた。季節はこれから真冬にむかうというのに胸の中は春先の蝶のように浮き立っており、すっきりしない空模様も冷たい北風も気にならない。

最後に顔を見たのは気持ちが通じあった日の翌日だった。それきり平日はお互いに仕事が忙しく、ろくに連絡もできずにいた。

だからようやく会えるという思いでそわそわしている。

本当は午前中のうちに、いや、昨夜にも押しかけたい気持ちもあったのだが、遠慮が勝った。修司は昨夜も帰宅が遅かったはずで、ゆっくり休んでほしかった。

通い慣れた道を行き、アスファルトのくぼみにできた水たまりをぴょんと飛び越えて修司のマンションへたどりつく。渡されていたICカードを使ってエントランスへ入ると、床に敷かれた絨毯《じゅうたん》が足音を消した。

このマンションはいつ来ても静かで清潔で、匂いもせず、住人の生活臭を感じさせない。厳重で徹底した管理はまるで城の奥で暮らす高貴な人に会いに行くような、緊張した気分にさせる。

再度カードを使い、エレベーターへ乗り込んだ。

これまで、ここへ来るときは常に複雑な感情が混在していた。

会いたいけれど、会いたくないような。

修司にとって、自分はセフレのひとりに過ぎないのだと思っていた。そうわかっていても会いたくて、でも会うと、身体だけの関係なのだという現実をつきつけられて辛くなった。誰にでも身体を開く淫乱だと彼に揶揄《やゆ》されるのは思いのほかきつく、それでも会うのをやめられなくて、鬱々《うつうつ》とした感情を押さえつけるようにして通っていたものだった。とくにこのエレベーターで修司の元へ運ばれるときがもっともやりきれなく、胸が塞がる思いがしたものだ。

けれど、いまはそれはない。

修司の本心を知ったから。

自分でもおかしいんじゃないかと思うほど気持ちがふわふわしていて落ち着かない。コートの袖口を指先できゅっと握り、モニターに表示される数字を凝視する。

先週末、修司は自分のことを好きだと言ってくれた。遊びではなかったのだと態度でも示されて、夢でも見ているような心地がした。それから一週間が過ぎたいまでも信じられない気持ちでいっぱいで、こんな幸せなのはうそみたいだと思える。これはなにかのまちがいで、もしかしたら先週のことは、自分の願望が作りだした夢だったのではないかと疑う気持ちもほんのわずかだけれども生じてしまう。

というのも、週末の修司はとても優しく接してくれたのだが、その後に届いたメールはこれまでと変わらぬ素っ気なさで、用件のみしか書かれないものだったからだ。メールが届く頻度も以前とおなじである。

あれって本当だったんだよね？　夢じゃないよね？　と尋ねたい衝動になんども駆られた数日間だった。

あれは夢ではないはずだった。それを確かめたくて、玲はどきどきする胸を押さえながらエレベーターを降り、真正面にある玄関で来訪を告げた。

「あの、玲です」

『――ああ。入ってくれ』

モニターから聞こえる声に従って扉を開けて中へ入ると、修司が居間のほうから歩いてきた。ざっくりとしたセーターが長身の身体によく似合っていて、男の色気を醸している。

そばまでくると、修司はふっと目を細め、甘やかな微笑を浮かべて玲を見おろした。

「走ってきたのか」

その優しいまなざしと声のやわらかさに玲の胸は甘く疼き、落ち着かなくなる。

「え、どうして……」

「頬が赤い」

修司の手が玲の頬にふれる。

「冷たいな」

「……風が冷たかったから」

「そうか。髪もふわふわになってる」

頰にふれていた手が離れ、幼い子の頭を撫でるように優しく髪を梳《す》く。

そんなことをされたら、頰がますます赤らみそうだった。反応に困ってうつむくと、手が離れていき、中へ入るように促された。

「遅かったんだな。もっと早く来るのかと思っていた」

「あ、ご、ごめん」

「いや、いいんだが。待ちきれなくて、こっちからむかおうかと考えていたところだった」

冗談めかして、そんなことをさらりと告げられた。

修司も自分に会いたかったのだと教えられ、のぼせたように頭がぼうっとしてしまう。

身体だけの関係なのだと信じていた頃には、こんなふうに言われる日が来るとは予想もつかなかった。

甘いまなざしで見つめられ、優しく髪を撫でられることも、考えられなかった。

以前は冷淡だったり、どこか苦しげに睨まれたり、皮肉な言葉をかけられるばかりだったのに。

——夢じゃないんだ。

降り積もった雪が春先にゆっくりと溶けだし、時間をかけて地下へ浸透していくように、先週のできごとは現実だったのだと、じわじわと実感が胸に沁《し》みこんでくる。

「どうした」

「う、ううん」

ぼんやり突っ立っていたら、先に居間のほうへ歩きだした修司に尋ねられ、玲は慌てて靴を脱いであがった。

コートを脱いで居間へ足を運ぶ。久々に訪れたそこはあいかわらず生活感の薄い空間だったが、ソファの前にあるテーブルの上に、普段はないタブレット端末が置かれていた。その横には雑誌が散らばっている。

「そこにかけて」

言われるままにゆったりしたソファに腰をおろすと、自然と端末のモニターが目に入る。そこには観光地の情報サイトが映しだされていた。横にある雑誌は旅行雑誌だ。

「旅行……？」

玲のとなりに修司が腰かけた。

「ああ。年末辺りに、泊まりでどこかに行かないか」

「あ……ぼくと？」

「ほかに誰がいる。休みはとれるか」

修司が穏やかに笑いながら旅行雑誌をとりあげ、玲に渡す。

どぎまぎしながらそれを受けとった玲は、ふたたび頰が染まってくるのを感じた。

どうしよう。

すごく、嬉しい……。

ふつふつと、熱いもので胸が満たされる。

修司と泊まりがけの旅行だなんて、想像しただけで胸がどきどきしてしまう。

「どうだ」

「うん。だいじょうぶだと思うけど、修司こそ仕事は休めるの？」

「長期はきついが、三、四日なら都合がつく。どこに行きたい」

優しく訊かれて、玲は手にした雑誌を開いた。

「えと、どうしようね……寒いところか暖かいところか……」

修司といっしょにいられるならばどこだっていいと思う。だがまさかそんなことは恥ずかしくて口にできないので、ページをめくって行き場所を探す。

それにしても雑誌を渡されて助かったと思う。

修司の雰囲気が蕩けそうに甘いから、照れてしまってその顔を見つめ返すことができない。

見つめてくる瞳が慈《いつく》しむような色を帯びて、自分を好きだと告げてくる。すこし鈍いところがあると自覚する自分でもそのように感じられるということは、相当なのではなかろうか。

冷たくあしらわれたり、意地悪なことを言われた過去がうそのようだった。

優しくなった修司にまだ慣れることができなくて、頰を染めながらも雑誌に目を落としていると、修司の腕が背中にまわされ、肩を抱き寄せられた。

厚くたくましい胸板に密着し、耳に彼の髪がふれる。

どきどきして思わずページをめくる手をとめてしまう。すると横顔に修司の視線を感じ、耳元でそっとささやかれた。

「赤い」

耳まで赤くなっていることをからかうように指摘され、耳朶にくちづけられる。

「あ……っ」

やわらかな唇の感触に、首をすくめると同時に変な声を漏らしてしまった。昼間からなんて声をだしてしまったのだろうと、恥じ入りたくなるような艶めいた声だった。

とっさに口を押さえたが、出てしまったものは戻らない。

修司としてはちょっとじゃれついただけで、それ以上の意図はなかっただろうが、その玲の反応に欲望を刺激されてしまったようで、ひたすら優しく甘かったまなざしがとたんにムラムラと熱気を帯びだした。

口元に当てていた手をとられ、指先にくちづけられる。

「あ、の」

「まいったな」

指先に唇をふれさせたまま、修司がちらりと視線だけをあげる。そのまなざしは壮絶に色っぽく、

情事の最中を思い起こさせた。

「な、なに……」

「夜まで我慢しようと思ってたのに」

キスの予感にうろたえる暇もなく、薄く開きかけていた唇に、修司の唇がそっと重ねられた。様子を窺うように唇のすこし内側を舐められて、すぐに離れていく。と思ったら角度を変えてまた重なり、すこしだけ舐められる。その引き締まった唇は弾力があって気持ちがいい。彼の唇に下唇を挟まれ、軽く吸われたりしているうちに、己の唇がぽってりと熱を持つ。

ついばむような軽いキスをなんども重ねるうちに、彼の舌がすこしずつ奥までやってきて、誘うように玲の舌先をつつく。

おずおずと差しだすと、表面をぬるりと舐められ、敏感な側面をくすぐられ、それから深く絡められた。

「ん……ふ……ぁ」

修司の舌の感触はエロティックだ。敏感な舌を先端から奥までぬるぬるといやらしく舐められ、官能を引きだされる。互いの唾液が混じりあい、それをのどを鳴らして飲み込むと、媚薬《びやく》を飲んだかのように身体が熱く疼いた。

口の中を余すところなく味わいつくされた頃には快感で頭がぼうっとし、身体に力が入らなくなっていた。

「は……、あ」

息継ぎの合間に、ふと腰の辺りで素肌をじかにさわられている感覚がし、意識をそちらへむけると、修司の手が玲のシャツをズボンから引きだしているところだった。

キスに夢中になっていて気づかなかったが、手にしていたはずの雑誌はいつのまにかとりあげられ、テーブルへ戻されている。

修司の唇が離れ、首筋へと移る。

「あ、の……修司……、ん……っ」

シャツの中へ忍び込んできた大きな手が腰まわりを撫でる。それからじわじわと上へあがり、胸元に届く。

「あ、あの、本格的に、するつもり……？」

「嫌か？」

指先が、乳首にふれた。

「あ、ん……っ」

きゅっと押されて、背筋がびくんと震える。

「玲……」

熱い声が耳元でささやかれる。拒否などさせないというように、舌がいやらしく耳朶を這い、耳の穴の中まで入ってくる。指先には乳首を攻められ続けており、玲は小鹿のようにぷるぷると身体を震わせて、甘い快感に耐えた。

「修、司……その、嫌じゃ、ないけど、っ……待って……っ」

「ベッドに行くか？」

「ん……っ、それも、だけど……お願い、シャワー浴びさせて……っ……」

「必要か？」

「ひ、必要……っ。お願い」

断固として主張すると、しかたなさそうに修司の身体が離れていった。

「歩けるか」

「ん、どうにか」

心配そうなまなざしに見送られ、玲はふらふらしながら浴室へむかった。

服を脱いで浴室へ入り、熱いシャワーを浴びる。

先週修司に抱かれたとき、あそこを舌でほぐされてしまったことが思いだされる。

あれは衝撃だった。する前にシャワーを浴びていなかったのに。

まさかあんなことをされると思わなかったので、早く抱きあいたいという修司に同意してしまったが、わかっていたら絶対にシャワーを浴びていた。

もしも、今日も予想外のとんでもないことをされたら困るので、事前に身体を綺麗にしておきたかった。

いくら好きな人でも、いや、好きな相手だからこそ、あんな場所を舐められたくない。それに舌でなくとも、ほぐす作業は手間だと思うし、修司の手を煩《わずら》わせるのは申しわけない気がした。自分の身体なのだから自分で準備したほうがいいのではないかと思い、玲は湯を浴びながら後ろへ手を伸ばした。

「……う、ん……」

息を吐きだしながら、きついそこに指を一本差し込む。初めは指一本でも苦しいが、しばらく深呼吸をくり返して待っているうちに、力が緩んで慣れてくる。そうしたら指を増やす。その太さに慣れてきたら出し入れしてみたり、広げてみたりする。

指が三本入るほどに緩んできたら終了し、隅々まで綺麗に洗って浴室から出た。

タオルやバスローブは脱衣室の棚にあるものを使うように以前から言われており、水気を拭いて、バスローブを羽織って居間へ戻る。入れ替わりに修司も浴室へむかった。

「寝室で待っていてくれ」

「うん」

寝室のベッドの上で体育座りして待っていると、修司は五分と経たずにやってきた。ベッドにあがるなり、無言で押し倒される。

ふたたび甘く深いキスをされながら、バスローブを脱がされる。

「ふ……あ……っ」

修司も脱ぎ、お互いに一糸まとわぬ姿になると、むしゃぶりつくように身体中を愛撫された。修司にさわられていると思うだけで、どこもかしこも敏感に感じてしまう。はじまってまもないというのにすぐに熱が高まり、わけがわからなくなるほどの興奮と快感が身の内から湧き起こった。

それは初めてのときから常にそうだったが、両想いなのだと知った先週は快感が桁違いとなり、どこかおかしくなってしまったかと思うほど感じまくってしまった。

今日も、そうだった。キスして、身体をさわられるだけで熱くなってしまって、中心が硬く勃ちあがってしまう。後ろの入り口に指が一本潜り込んできただけで、喘ぎ声がこぼれてしまう。

「あ……はあ……」

はあはあと荒く胸を喘がせながら、男の指をやわらかく迎え入れる。そこは事前にほぐしたのに、いまはきつくすぼまっている。硬く閉じてしまったわけではなく、男の指を嬉々として咥え込んでいるためだ。無意識に、もっと深くまで呑み込もうとして身体がそんな反応をしてしまう。

自分の指を挿れても異物感があるだけなのに、修司の指だとものすごく感じた。ちょっと抜き差しされ、中のいいところを刺激されたりすると、それだけで下肢がびくびくと跳ね、腰に甘い快感が溜まっていく。欲望に頬を染め、瞳を潤ませ、浅ましくも腰を淫らにくねらせてしまう。

「自分でほぐしたのか」

与えられる快感に夢中になっていたら、低い声が上から届いた。

「え……」

快感をこらえるように閉じていたまぶたを開いて見あげると、どこか不服そうに眉をひそめた顔に見おろされていた。

「ここ、浴室でやったのか」

「あ……うん……」

なにかいけなかっただろうか。機嫌を損ねてしまっただろうかと不安が押し寄せる。

「前もそうだったな。どうして自分でやりたがる。俺が指を咥えて待ってるというのに、ひとりで先に楽しむだなんてひどいじゃないか」

「え、そんな、ちが……、あ、あ……っ」

二本目の指を挿入され、返事は喘ぎ声にしかならなかった。続けて中をぐるりとかき混ぜられ、ぐちゅぐちゅと抜き差しされる。

「違う？　ならばどうして。俺にここをいじられるのは嫌か？　俺の前戯じゃ満足できないのか？」

「そんな……あ、……ん……っ」

「そういえば、さっさと終わらせてほしいからだと、以前言っていたな。いまも本当はそう思ってるのか」

指が引き抜かれた。

修司を不愉快にさせるつもりなど毛頭なかった。玲は焦って身を起こし、男の腕にすがりついた。

「ち、違うよ。ごめんね、そんなつもりじゃなくて……あの……」

どうしたら機嫌を直してくれるだろう。困ってうつむいたら、男の猛りが視界に入った。たくましく勃ちあがったそれを目にした玲は唾を飲み、意を決するように手を伸ばした。

「玲……」

修司が驚いたような顔をする。その男の目の前で玲は身を屈め、修司の男根にくちづけた。

それを口にするのは二度目だ。最初は命令されてのことだったが、今回は自主的に行動に出た。どうかこれで許してほしいと思う。

先端を舌先で舐め、くびれも丁寧に舐めまわすと、猛りの硬度がぐっと増してくる。

「ん……む……」

反応が返ってくるのが嬉しくて、玲は唇を大きく開けて、先端から口に含んでいった。上顎《うわあご》と舌で圧迫しながらのどの奥まで呑み込んでいく。茎の血管がごつごつと浮き出ていて、その舌触りに玲自身も興奮した。

口にだして言えないが、修司のものをしゃぶるのは、かなり好きかもしれないと思う。

男のものをしゃぶるのが好きだなんて、淫乱みたいだと思う。だがこうしていると、自分が修司を気持ちよくさせているのだと感じられ、のどの奥を突かれる苦しさも、先走りの苦さも気にならない。

口の中にだされるのも、修司が感じてくれた証拠で、嬉しく思う。

「玲、ちょっと離せ」

なんどか抜き差ししたところで、とめられた。

「あ……よくない……？」

「いや、体勢を変えよう」

修司はベッドヘッドにクッションや枕を置いて、そこに上体を預けた。

「上に跨《またが》って。さっきとは逆むきで」

「それって……」

修司の意図を察してたじろいでいると、腰を抱えられて強引に跨がされた。

「こういうのは嫌か？　だが、いっしょに気持ちよくなりたいし、俺はさっさと終わらせたくないんだが」

そう言われては抵抗できない。玲は恥じらいながらも四つん這いになった。それからうつぶせるように肘を折り、修司の腹部に胸を密着させた。

修司の猛りが目の前にある。そして自分の局部も彼の目の前に晒されているはずだった。

顔から火が出るほど恥ずかしい。

修司とはなんども身体を重ねているように思えるが、週末ごとだったから実際はさほど多くもなく、回数としては十回にも満たない。体位はたいがい正常位で、たまにバックから突かれることもあるが、それ以外の体位を試したことはない。羞恥心がなくなるほどには、まだセックスに慣れていなかった。

「あの……」

「なんだ」

今日もあそこを舐められてしまうのだろうか。

「……」

この体位では、きっと舐められてしまう。

なにをされてもいいようにと綺麗にしたけれど、やはり抵抗はある。

舐めないで、と頼みたかったのだが、言いだせなかった。あれは嫌だこれは嫌だとごねてばかりでは、せっかく好きだと言ってもらえたのに、きらわれてしまうのではないか。そんな怯えと不安が口を閉ざさせる。

「ううん」

緩く首をふって、修司の太く長い猛りを両手で持ち、口に咥えた。しかし今度は後ろに気がいってしまい、先ほどのようには集中できなかった。

「……玲の肌は、きめが細かいな。さわっていて、気持ちがいい」

両脚を修司の手に撫でられる。膝のほうから付け根にむかって内股を撫でられ、尻の丸みを大きな手のひらで揉まれた。

「しっとりと手に吸いついてくる」

尻を揉む手に皮膚を外側へ引っ張られ、入り口が開かれる。温かい吐息を吹きかけられ、直後にねっとりとした舌の感触を感じた。

「ん、ん」

「肌だけじゃなく、中も、吸いついてくる」

修司の舌が、入り口の中に分け入ってきた。ぬぷぬぷと音を立てて抜き差しされる。

玲は思わず修司のものを口から離した。

「あ……、や……っ」

やっぱり舐められてしまった。それだけでなく、奥まで舌を挿れられてしまった。

修司にそんなところを舐められるだなんて。羞恥と申しわけなさで気持ちが乱れ、涙が滲む。

「修司……そこ、そんな……あ……」

「恥ずかしいか」

抜き差しのあいまに尋ねられた。修司は玲の羞恥をわかっていながらやっているのだ。

指が一本、舌といっしょに潜り込んでくる。

「ん……っ」

「だが、気持ちいいだろう」

そう。指摘のとおりだった。恥ずかしくてやめてほしいのに、そこを舐められるのは快感だった。

入り口を舐められながら、さらに奥に指を差し込まれていいところをこすられ、甘い疼きがほとばしる。

「は……あ……ぁ」

濡らされたそこから内腿へと唾液が流れ伝う、その感触にすら感じてしまう。

気持ちのよさに媚びるような喘ぎ声をあげ、ふと自分のほうは手も口もおろそかになっていることに気づいた。いっしょにと言われたのに自分ばかりが気持ちよくなっているわけにはいかないと、こちらも大きく口を開け、太い猛りを頬張る。

浮き出ている血管の筋道を覚えるほどに丹念《たんねん》に舌を這わせ、のどの奥で吸いながら口から出し入れする。

こするたびに、先端が敏感な上顎に当たる。なんどもくり返しているうちに、その行為に快感を覚えはじめていた。唇や上顎がこすれるのが気持ちいい。下肢のほうでは入り口への刺激だけでなく、袋や前もいじられていて、上も下も、前も後ろも、身体中が快感に痺れている。

お互いの陰部を舐めあうだなんて、ものすごくいやらしい行為をしていると感じる。溶けるほどに舐めて、たっぷりと唾液をまぶした場所同士を、これから嵌め込むのである。自分が舐めているこの剛直《ごうちょく》が身体の中に入っていく様子を想像したらますます興奮が高まり、このあとの期待が膨らんでしまう。口のまわりを唾液で汚しながら、一生懸命男の猛りをしゃぶった。

身体は熱く、汗ばんでくる。熱がどうしようもなく高まり、後ろが激しく疼いている。指や舌ではなく、このたくましいもので貫いてほしい欲求に駆られる。しかしそれより早く絶頂が来そうだった。

「ん、ん……ふ……」

己の解放の欲求を耐え、修司を達かせようと吸いあげる。だがこらえきれずに限界が到達し、愛撫を続けられなくなってしまった。

中のいいところを指で強くこすられ、それと同時に前をしごかれて、たまらず口を離した。快感が火花のように弾け、まぶたの奥で閃光がひらめく。

「ん、あ――っ」

びくびくと身体を震わせて吐精《とせい》する。修司の胸に、玲の白濁したものが散った。

身体の震えが治まると、舌と指が離れていった。背後で、は、と修司が息をついたのが聞こえた。

呼吸は乱れ、解放の余韻で身体は痺れたままだったが、玲ははっとして修司のものに手を添えた。

「あ……ご、ごめんね」

先週はいっしょに達きたいと自ら言いながらひとりで先に達ってしまったし、今日もまたひとりで達ってしまった。急いで修司への愛撫を再開しようと思ったのだが、それより早く腰を抱えられてベッドにころりと転がされた。

身体のむきを最初に戻され、修司が上に覆い被さってくる。

「どうして謝る」

「だって、ひとりで先に……いっしょにって言われてたのに」

「いっしょに気持ちよくなろうとは言ったが、いっしょに達こうとは言ってないぞ。あれでいっしょに達くのはちょっと難しいだろう」

仰向けになっている玲の膝裏に修司が手をかける。

「口もいいが、いまは玲の中で達かせてくれ」

「あ……」

両脚を大きく左右に開かれた。散々いじられて蕩け、ぐっしょりと濡れた場所に、修司の猛りが押し当てられる。

「挿れるぞ」

「あ……、んっ」

ぐうっと、大きなものが遠慮なく中に入ってくる。指と舌でもじゅうぶんによかったが、やはりそれを挿れられると満たされた心地がした。修司のものはとてもたくましくて、受け入れる瞬間は息がとまりそうなほどの圧迫感を受けるのだが、その圧迫感が、身体を繋げた実感を覚えられて嬉しくもあった。

「く……っ」

修司が荒い息を吐いた。彼も先ほどの前戯でかなり昂っていたのだろう、初めの数回の抜き差しは様子を見るようにゆっくりとしたものだったが、次第に大きな動きとなっていく。

「あ、あ……っ、しゅう……っ」

不規則な動きで、いいところを突かれる。達ったばかりで敏感すぎる身体に、その刺激は強烈すぎた。欲望は解放したはずなのに、また新たな快感が押し寄せてきて、玲の快楽のツボを激しく揺さぶる。

「しゅう……、じ……っ」

修司の生みだす大きなうねりに流されてどうにかなりそうで、玲は枕元のシーツをつかんで快感の奔流《ほんりゅう》をこらえた。

「玲、こっち」

するとその手を修司の手にとられ、彼の首のほうへと誘導される。導かれるままに両腕を首にまわすと、修司の腕が玲の背中へまわされた。

「足も、腰にまわしてくれ」

言われるがままに修司の腰に足を絡めたら、繋がりがよりいっそう深いものになった。しがみつくように密着した体勢で身体を揺すられると、それまで以上に抜き差しが濃厚で激しいものとなる。

「あっ、あぁ……っ」

繋がった場所は、事前に滴るほどに濡らしてあったから、修司が腰を揺するたびにぬちゃぬちゃと淫靡な音がする。腕も足も汗で滑りそうになるが必死にすがりつき、修司の刻むリズムにあわせて自らも腰をふる。汗と、先ほど放った体液とで、密着している胸の辺りもぬるぬる滑り、玲の中心も修司の腹部にこすられてふたたびの解放を待ちわびていた。

「玲……、いいか」

「ん……っ、も、だめ……っ」

頷いたとたん、いっそう律動が激しくなり、奥の感じる場所をなんども突かれる。突かれているところも、中の粘膜全体も、入り口も、すべてが熱くてたまらず、快感で溶け落ちてしまいそうになる。

身体中が強烈な快楽によって揉みくちゃにされ、意識が飛びそうなほどの高みまで浮きあがったとき、体内にいる修司の猛りが硬度を増した気がした。次の瞬間、身体の奥に熱いものを放たれた。

「あ、あ……っ」

どくん、どくん……と音を立てて中に注ぎ込まれる。それを感じると、ふしぎなほど感極まってしまい涙がこぼれた。

「玲……」

熱をさらに奥へ届けようとするかのように、注ぎながら修司の下腹部が玲の尻に強く打ちつけられる。その刺激で玲も二度目の絶頂を味わった。

「――っ」

遠慮も忘れてたくましい身体にぎゅっと抱きつき、全身に広がる解放の痺れが落ち着くのを待つ。やがて震えが治まってくると、それまで強く抱き締めてくれていた男の腕に、優しく背中を撫でられた。

「だいじょうぶか」

「うん……」

こくりと頷き、抱きついていた手足をほどくと、楔がぬるりと引き抜かれる。それから息をついてとなりに横たわった修司に労《いたわ》るように抱き寄せられた。

髪にくちづけられ、濡れたまなじりを指先でぬぐわれる。

見つめてくる瞳はまだ熱を帯びているが、優しい色も存在している。最初、すこし機嫌を損ねたように思えたが問題なさそうだった。

安堵して身体の力を緩めると、中にだされた修司のものがとろりと外に流れ出てくる感触がした。まだ痺れて熱を持っている入り口が、その感触に反応しそうになる。声が出そうになったが、とっさに押し殺した。溢れさせているのを修司に知られるのはなんだか恥ずかしかった。

身体を繋げている最中は与えられる快感に翻弄され、我を忘れてしまって相手を気遣えなくなってしまうのが申しわけなく思える。しかし、中から溢れてくるものは自分の身体で修司が気持ちよくなってくれた証である。多少なりとも満足してもらえたようだと思うと、嬉しくて幸せだった。

ゆったりと髪を撫でられる。その指先の優しさが胸に沁みて、玲はおずおずと目の前にある広い胸にひたいを押しつけてみた。するとそれに返事をするように、くしゃっと髪をいじられた。

それはほんのささいなことのようだが、大きな変化だった。気持ちが通じる以前は、身体を重ねていてもこんなやりとりをすることはなかった。

――すごく、幸せかも……。

好きな相手と身も心も結ばれたことをひしひしと感じ、幸福感で胸がいっぱいになる。

「玲の身体は、病みつきになるな……」

「な、なにそれ――、あ」

しみじみと漏らされた言葉に訊き返そうとしたとき、居間のほうから修司の携帯の呼びだし音が聞こえてきた。

とたんに修司が表情を厳しくし、起きあがる。

「病院からだ」

修司は脱ぎ捨ててあったバスローブを拾い、袖を通しながら寝室から出ていく。やがて話し声が聞こえてきた。

「はい、川村《かわむら》です――。いや、そのときは連絡してくれって言ったのはこっちだから、かまわない。それで――ええ……ドレナージはした？　ああ、そう……。しかたないか……では、指示書のとおりで、ポンプのドルミカム生食０・５ccアップしてください。ご家族は次はいつ来るだろう。そう、いちおう確認を――」

詳細はわからずとも深刻そうな雰囲気は伝わってくる。こちらも寝ている場合ではないような気がして、玲もバスローブを羽織ってそろりと居間へ足を運んだ。

修司は立ったまま、難しい顔をして電話に集中している。その横顔は凛々《りり》しくて、見惚れるほど格好いいのだが、休みの日でも連絡が来るだなんて大変だな、と心配にもなる。

「よろしく頼む。こちらも明日様子を見に行きます」

明日は休みだと聞いていたのだが、修司はそんな返事をしていた。

通話を終えても、彼はしばらく虚空を睨むようにして黙考していた。

昨日はメールをもらった時刻からして帰宅が午前様のようだったのに、今日は自分の相手をして、そして明日は休日返上で病院に行くようだ。休日もろくに休めない毎日。それなのに貴重な時間を自分が奪っているのは申しわけないような気がしてきた。

というかそもそも、病院へ行くのは明日でいいのだろうか。もしかして、本当はいますぐ行きたいところなのに、自分がいるせいで駆けつけられないとか……。

「あの」

控えめに声をかけると、思いだしたように修司が顔をむける。

「ああ、悪い」

「ううん。こっちこそ考え中に邪魔してごめんね。仕事、大変なの？」

「ん、ああ」

「そう……じゃあ、ぼく帰ったほうがいいよね」

そう言って、脱衣所に置いたままの服をとりに行こうと足をむけたら、修司が驚いたような顔をしてそばに来た。

「どうしてそうなる」

「え……だって、病院に行ったほうがいいんじゃ」

「いや、そこまで大変じゃない。明日様子を見に行くとは答えたが、ちらっと顔をだす程度で、すぐに戻るつもりだし」

「そう、なの」

本当のところは玲にはわからない。信じていいものだろうか。

修司がわずかに眉を寄せる。

「そうだ。ともかく今日は行かない。当直の医師だって勤務しているし。玲が帰りたいならべつだが、そうじゃないならもうすこしいっしょにいてくれ」

「うん……」

「身体がべたべただな。先にシャワーを浴びるといい」

いつものセックスではいちどでは終わらない修司も、さすがにその気が失せたようだ。そのまなざしからは情事の熱が払拭されていた。

「うん……」

いっしょにいてほしいと言ってもらえるのは嬉しかった。玲だってもちろんもっといっしょにいたい。だが、多くの人が医師としての修司を必要としているのに、自分が独り占めしていていいのだろうかとも思ってしまう。

シャワーを浴びたあともその日は夜まで修司と過ごしたのだが、顔も知らない患者や病院スタッフへの気兼ねが、魚の小骨のようにのどの奥にずっと引っかかっていた。

◇◇◇

『すまない。どうしても行けなくなった』

受話器のむこうからすまなそうな声が届く。

「そう……」

内容は、約束していた食事のキャンセルだ。最初の予定では金曜の昨日会う約束をかわしていたのだが修司の仕事でキャンセルとなり、今日に変更となったのだった。しかし、またも都合がつかなくなったという。

今日こそはと思っていただけに、声にはださなかったが内心落胆した。

『じつはまだ病院で。今日は家に帰れそうにないんだ』

どうやら昨日から徹夜で病院に詰めているようだ。それでは遊ぶどころではないだろう。

「仕事、大変だね……。ぼくのことは気にしないでいいから。身体壊さないように無理しないで」

『ああ。なんどもすまない。明日はどうにかなると思うんだが。玲は、明日は空いてるか？』

「あ……ごめん。明日はぼくも仕事が入ってる」

土日は基本的に休みなのだが、十二月は忙しい時期で、明日は臨時の仕事が入っていた。

修司のため息が受話器越しに届いた。

『そうか……しかたないな。また連絡する』

「うん……」

電話を置き、玲はちいさく息をついた。居間のソファにぽすんとすわり、背もたれに身を預ける。

もうすぐ修司に会えるとわくわくして膨らんでいた気持ちがいっきにしぼんでいく。

いつのまに、自分はこんなに贅沢になってしまったのだろう。

高校時代、堂々として自信に溢れた修司は、玲にとって憧れの存在だった。そんな修司が、なぜおとなしく引っ込み思案な自分に興味を抱いたのかはわからない。ただ当時は、修司といっしょにいられるだけで嬉しかった。

その気持ちはやがて友情以上のものとなったが、それを伝える勇気もなく、ささいなすれ違いで気まずいまま別れることになって九年。

それがまさか、あんなふうに再会するなんて。

そばにいられるなら身体だけの関係でもいいと思っていたのに、気持ちが募るにつれそれも辛くなった。

だから修司から好きだと言われたときは本当に嬉しかった。

「それだけでじゅうぶんだって、思わなきゃいけないよね……」

本当は毎日でも会いたい。顔を見るだけでもいい。邪魔はしないから修司の家で待っていてはだめだろうかと思ったりもするが、疲れて帰ってくるのにそんなまねをしたら逆に気を使わせてしまうし、うっとうしく思われるだろう。食事の支度でもしてあげられたらいいのだが、料理などできないし、ハウスキーパーのいる修司には必要ない。

会いたいという気持ちだけでも伝えたい気もするが、それも困らせるだけだと思えて口にできない。

修司は仕事なのに、わがままを言ってきらわれたくないし、負担をかけたくない。

「次はいつ会えるかな……」

来週は会えるか、訊いておけばよかった。

メールを送ろうかと携帯へ手を伸ばすが、忙しいときにそんなメールを送るのもどうかと思い、けっきょくやめた。

先週、年末の旅行先はけっきょく決まらなかった。修司から預かってきた旅行雑誌が目の前のテーブルに置かれている。それを手にとり、気を紛らわせるようにぱらぱらとめくる。

今日は会えなくなったけれど、年末は必ず会えるのだし。

「旅行は、行けるよね……」

会えるかわからないが、来週の予定は空けておこうと思いながら、玲は携帯を手にとり、キャンセルのためにレストランの電話番号を押した。


水曜日、玲はいつもより早い時間に家を出て、丸《まる》の内《うち》にあるオフィスへむかった。修司に脅されていたあいだは黙っていたが、本当は商社のコンサルティング部で営業職をしている。

自分のように外見も態度も頼りなげで、実際に中身も気弱で社交下手な男にコンサルティングの営業などむいてないと玲は思う。玲を営業へ引っ張った部長は、弁が立つよりも不器用そうなほうが顧客の信頼を得やすいからいいのだと励ましてくれる。物を販売するたぐいの営業ならばそれも一理あるが、コンサルティングでは説得力に欠けるように思うのだが。部長の言葉の真偽は定かでないが、ともかく期待には応えたいし、顧客にも満足してもらいたい。この内向的な性格を嘆《なげ》いていてもはじまらず、自分にできることはこつこつ努力するだけだとわかっているのだが、ときおり、もうすこしどうにかならないものかとため息が出たりする。

今日は病院に再診の予約を入れていた。午前中に時間休をとって病院へ行き、午後は顧客の訪問をするスケジュールである。そのため病院へ行く前に顧客へ渡す資料を準備しておきたかった。

「あれ、高柳《たかやなぎ》くん。早いなあ」

先週のうちにアシスタントに依頼していた書類はできていて、デスクで中身をチェックしていると、同僚で一年先輩の菊池《きくち》が出勤してきた。

「あ、おはようございます、菊池さん」

「今日はなにかあるのかい」

菊池はすわっている玲の元へやってきて、上から手元の資料を覗き込んできた。

「午前中ちょっと医者に行かなきゃいけないので、午後の準備をと思って」

「医者？　具合悪いのかい？」

「いえ。問題ないんですけど、いちおう再診するように言われていたので」

菊池が浅く頷き、神経質そうな瞳で見おろしてくる。

「そうか。入院したんだもんな。胃を悪くしたんだっけ」

入院だけでなく、先々週の土曜日にも倒れて救急車で運ばれたりもしているのだが、それは職場では話していない。

「その節は、本当に菊池さんにはお世話になりました。入院中の仕事、フォローさせちゃって」

「いやいや。そういうのはお互い様だからいいんだけどさ」

菊池が笑顔を浮かべて玲の肩に手を置く。

菊池には入社時からなにかと面倒を見てもらっている。親切で頼りになる先輩だ。

「胃を悪くするだなんて、ちゃんと食べないからじゃないか。肩もこんなに細くて。最近、また痩《や》せたんじゃないか？」

「はあ……気をつけてるんですけど……」

すこし落ち込むと、すぐに食欲がなくなるのは悪い癖だ。

「本当かな……うん、やっぱり痩せただろう。腰まわりなんか、すごく細いよ」

「そうでしょうか」

「そうだよ。悩みでもあるのなら、倒れる前に俺に相談してくれよ」

自分が体調を崩して仕事ができなくなると、菊池にも負担をかけることになる。しっかりしなくてはいけない。

「ありがとうございます。でもいまのところはだいじょうぶです」

微笑んで見あげると、菊池がかすかに目を細めた。

「……高柳くんさ」

「はい」

「なんかさ。痩せたのもそうだけど……最近なにかあったかい？」

「なにかって……？」

質問の意図がわからず、玲は一、二度瞬《まばた》きし、視線で尋ねた。

「んー、なんていうか……雰囲気が変わったよね」

「え……そう、ですか？」

「うん。退院してから……、はっきり変わってきたのは、もっと最近かなあ。この一、二ヶ月ぐらい」

「どう変わったんでしょうか……」

「どこがどうって訊かれると困るんだけど」

菊池は玲の肩から手を離し、その指先を自分の顎にもっていくと、観察するようなまなざしで玲の顔を見つめる。

「なんとなく変わったような感じ、ってことですか？」

訊かれると困るというから、表現できるほどはっきりとした変化ではなく、漠然としたものなのかと思って尋ねてみたら、菊池が首をふって否定する。

「そうじゃないんだ。言いにくいんだけど……でも、いっか、ぶっちゃけちゃおう。あのね、彼氏ができた女の子みたいな感じで、急に色っぽくなった」

「か、彼……」

絶句する玲に、菊池が笑う。

「ははは、ごめん。例えが悪かったかな。でもほんとに、そんな感じ」

「そんな感じって、いったい、どこが……」

「表情とか、腰つきとか。すごくエロい。だからなにかあったかなーと思ってさ」

彼女ができた、ではなく、なぜ彼氏ができた、となるのか。内心でそう思ったが、心当たりがありすぎて、軽い調子でつっこむことはできなかった。

「べつに、なにも……ないですけど」

「そう？　おっと、俺も仕事しなきゃ」

部長が出勤してきたのを見て、菊池は玲の肩をぽんと叩いて離れていった。

「……」

玲は内心の動揺を隠すように手にしていた書類に目を落とした。

自分は女の子ではないが、たしかに彼氏はできたわけで、図星をさされた気分だった。

退院してからは修司のことばかり考えていたし、この一、二ヶ月といったら修司と関係を持っていた期間である。菊池の口にした月日とぴたりとあっていた。

――エロい、だなんて……。

職場では頭を切り替えて、仕事に集中していたつもりだったのだが、そんなに態度に出ていただろうかと心配になってしまう。

思い返してみれば、たしかに修司に激しくされた翌日などは、身体のけだるさが残っていて、無意識にため息をこぼしてしまうことはあったかもしれない。ふと集中が途切れたときに、修司のことを思いだしてしまうことも、たまにある。

ポーカーフェイスを取り繕っていたつもりだったのだが、周囲の目には変なふうに映っていたのだろうか。

指摘されたということは、そうなのだろう。

――気をつけなきゃ。

頰が熱くなっている気がして、こっそり頰に手を当てた。

恥ずかしいことである。けれど恥ずかしいと思う一方で、修司によって変わった自分がいるという事実は玲をどこかくすぐったいような、落ち着かない気分にさせた。

準備を終えると、玲は病院へむかった。その日は空いていたのか、予約していた時間よりも早く順番がまわってきた。診察は経過報告と薬の処方箋をもらうだけだったのですぐに終わり、帰社時刻まで一時間以上も時間が余った。

患者の込みあう外来廊下を会計窓口のほうへ歩いていく。途中、消化器外科の外来診察室があり、目がいく。今日の担当医は修司ではなかった。

この建物のどこかに修司がいると思うと、それだけでも気持ちがそわそわする。

修司とはもう十日会っていない。

菊池に指摘されたせいもあるのか、今日はあれからずっと修司のことが頭から離れなかった。

会いたいな、と思う。

「会えないかな……」

どこにいるだろう。話せなくても、遠目に見るだけでもいいから顔を見れないだろうか。

見舞いのふりをして、こっそり病棟まで覗きに行こうか。

でもむこうは仕事中なのに、邪魔しちゃうかな。

邪魔しちゃうかもな。病気に苦しんでいる人たちがたくさんいるのに、恋人の顔が見たいという理由でのこのこ出かけて行くのは不謹慎だよな。

でもせっかくここまで来たのだし、やっぱり見るだけでも……。

ぐずぐずと思い迷っているうちに会計窓口を通り過ぎ、病棟へむかうエレベーター前まで来てしまう。誘惑されるように近づき、しかしやめておこうかと通路をうろうろしていたとき、上階から降りてきたエレベーターの扉が開いた。

開くや否や、白衣をまとった長身の男性が颯爽と現れた。

「あ」

出てきたのは修司だった。看護師もいっしょにいる。ふたりとも緊迫した面持ちで、全速力したいのをこらえるように早足で急いでいる様子だった。

「っ」

すれ違いざまに修司の視線が玲をとらえ、驚いたように見開いた。

つかのま、視線が交わる。

「先生、こっちですっ」

足をとめかけた修司だったが、看護師に急かされて大きな歩幅で去っていく。そのまま行ってしまうかと思ったら、ちらりとふり返り、かるく手をあげて合図してくれた。それはほんの一瞬のことで、すぐに前方へ顔を戻し、白衣をひるがえしてばたばたと足早に行ってしまう。その背を玲はぽうっとして見送った。

修司の姿が見えなくなってもその場に立ち尽くしていた玲だったが、やがて周囲の喧騒で我に返って会計窓口のほうへ足をむけた。

やっぱり、大変なんだな……。

ものすごく急いでいるようで言葉をかわす余裕もなかったが、顔を見れてラッキーだった。むこうも自分に気づいてくれたようで、よかったと思う。

すこしだけれども、気持ちが前むきになった気がした。元気が補充されて、修司は栄養剤のようだと思った。

玲はほんのりと微笑を浮かべながら病院をあとにした。


仕事を終え、家へ戻ると母屋で食事をとり、自室へ戻るためにいったん庭へ出た。母屋から離れの住まいまでのそう長くもない道には椿《つばき》や南天《なんてん》など和風の樹木が枝を伸ばしている。濃い緑の中に真っ赤な実や花がぽつぽつと散らばって、目を楽しませてくれる。足元には早咲きの和水仙《わずいせん》が咲きはじめていて、通り過ぎたあとに甘い香りを感じた。

もうそんな季節なんだなあと感慨深く思う。

シャワーを浴び、寝る支度を済ますと、ベッドに腰かけて携帯をチェックした。

修司からの連絡はない。

もう帰宅できただろうか。それともまだ忙しく働いているのだろうか。

今日は顔を見れてよかったと改めて思う。けれどできればもっとゆっくりと会いたかった。もう、しばらくふたりきりで会っていない。声も聞いていない。

先週末やその前の週末、ふたりで過ごした甘い時間が思いだされた。

ひたすら甘く、優しい修司。

あの幸せな時間がふたたび訪れることを願う。

「今週末、会いたいな……」

思いを口にしてみたら、よけい気持ちが膨れあがってしまった。ため息をついて、こてんと横になる。

今度の土日は両方とも予定を入れていない。

修司の週末の予定はどうなのだろう。

久しぶりの休みぐらい、修司もゆっくりしたいだろうと思う。多忙な彼にわがままは言えない。

せめて声が聞きたいとも思うが、まだ忙しいかもしれないと思えば電話をかけるのも気兼ねしてしまう。

「……でもな……」

恋人に電話もかけられない自分が情けないが、どうでもいい相手だったらもっと気軽にかけられる。

相手が修司だと思うからこそ、必要以上に悩んでしまう。

つきあうこと自体が初めての玲には、恋人との距離のはかり方がよくわからなかった。

「メールなら……いいかな……」

手にしていた携帯を操作し、メールの本文を入力する画面をだす。

なにを書こうか散々悩み、今日は偶然会えて驚いたこと、仕事は忙しいだろうけど無理しないでほしいことを書き綴り、最後におやすみなさいと付け加えて送信した。

そのまま寝てしまおうと布団の中に潜り込んだとき、携帯の呼びだし音が鳴った。

修司からだ。心臓がどくんと跳ねあがる。

「――もしもし」

『メールを見た。いま、だいじょうぶか』

「うん」

『寝るところだったらすまない。メールを送り返そうと思ったんだが、やっぱり声が聞きたくなった』

「……うん」

想いが通じてからの修司は、こちらが照れて口ごもってしまうほど気持ちをはっきり伝えてくれる。メールだと以前のように事務的で素っ気ないのだが、こうして直接話すと、気持ちを伝えやすいのかもしれない。

玲は頬を染め、心をふわふわさせながら携帯を握り締めた。

『玲。おまえの声が聞きたい。なにか喋ってくれ』

低く艶めいた声に口説かれ、玲はますます頬を赤くする。

「そ、そう言われても……えっと、あ、修司はまだ仕事？」

『いや。いま家に戻ったところだ。今日は病院に来てたんだな。俺も驚いた』

「再診だったんだ。修司、忙しそうだったね」

『ああ。ちょっとドタバタしてた』

もうすぐ日付が変わる時刻である。きっと疲れているだろうから早く休んでほしいと思う。だがおなじぐらいの強さで、話をしていたいと望んでしまう。

『診察はどうだった』

「とくに問題はないよ」

内科医に言われたことを話して聞かせ、ひと区切りついたところで口調を改めて話しかけた。

「あの……」

『なんだ』

「……ううん。その……」

生活感のない無機質めいたあの部屋で修司が電話をしている姿を想像したら、無性に会いたくてたまらなくなった。会いたいと言いたくなった。

だがけっきょく、気持ちを抑えてほかの言葉を口にする。

「……身体、大事にして」

『そうだな。玲も、ちゃんと食べてるか』

「うん」

『だといいが』

受話器のむこうからひそやかな吐息が漏れ聞こえた。

『ところで、土曜の夜は空いてるか』

「あ……うん。だいじょうぶ。昼間も空いてるよ」

『昼間は仕事なんだ。だが夕方には終わる。いっしょに食事でもしよう』

誘いに胸が高鳴った。

「……うん」

土曜日に修司に会える。嬉しくて自然と唇がほころぶ。

『仕事を終えたらその足でそっちへ行く。年末の行き先も決めないとな。温泉でも行ってゆっくり過ごすのもいいかと思うんだが』

「そうだね」

『玲はどうしたい』

「うん……えと、その話は週末に。もう遅いから、休んだほうが」

もっとずっと話していたかったが、遠慮してそんなことを口走ってしまう。言ったあとで、まるで自分のほうが早く休みたいのだと言っているようだと気づき、内心で慌てる。

『ああ……、そうだな。夜遅くに悪かった』

「あ、ううん。違う。ぼくはかまわないんだけど……」

慌てて首をふると、修司が苦笑した気配が届いた。

『土曜日に話そう』

「うん……」

玲はいったん口を噤《つぐ》み、それからそっとささやいた。

「あの、電話、ありがとう」

夜遅くでも、迷惑なんかじゃない。嬉しかった気持ちをどうにか伝えると、甘い声が返ってきた。

『声が聞けてよかった』

「……ぼくも」

最後におやすみと言いあい、名残惜しく思いながらも通話を切った。

しばらく無言で携帯を眺め、それから横になってぽすんと枕に顔を埋める。

「……へへ」

思いきってメールしてみてよかった。

嬉しくて興奮してしまい、しばらく眠れなくなってしまった。


待ちに待った土曜日は夕方から小雨がぱらつき、冷えた夜となった。

修司と外で食事をして家へ戻り、濡れたコートを玄関で預かる。コートをハンガーにかけてから居間へ行くと、先に部屋にむかった修司がテーブルの上の旅行雑誌を広げていた。

玲が気になったページに付箋《ふせん》を貼っておいたのだが、そのページをめくっている。

「これは……ポーランド、か」

ソファにすわった修司のとなりに、玲もそっと腰かけた。

「綺麗だな、と思って。つい付箋貼っちゃった」

誌面には印象的な写真が見開きで載っている。それはポーランド・ポズナンの聖ヨハネ祭、スカイランタンの写真だった。夜空に無数のランタンが浮かんでいる光景である。

「行きたいか」

「……見てみたいなってちょっと思ったんだけどね。でも……開催は毎年夏至《げし》だって」

写真の下に行事の詳細記事が載っており、指し示す。

「ああ、六月か」

玲は静かに頷いた。

「残念だけど、海外だと忙しくなるし。このあいだ修司が言ってたように、温泉でゆっくりするのがいいと思う」

写真の幻想的な景色は魅力的だが、せっかくならば、ふたりでいっしょにいられる時間がすこしでも長くとれるほうがいい。

ふと、修司が自分の顎に手を添え、考えるような顔をして写真を見つめた。

「……国内でも似たようなイベントをやってるところがあった気がするな。たしか、年末だったはず」

「ほんと」

「雪国だったと思うから、寒いだろうが……」

「寒いのは平気だよ」

「調べてみて、行けそうだったらそこにするか」

「うん。温泉もあるといいね」

微笑むと、修司に肩を抱き寄せられた。

「ところで、この香りはなんだろう……髪、じゃないな……」

髪にくちづけながら、修司が尋ねる。

「香り？」

「甘い香りがする」

玲は壁際の棚へ目をむけた。

「花の香りのことかな。水仙があるから……」

修司も玲の視線を追ってそちらを見る。そこには水仙を活《い》けた花瓶が置かれている。庭に咲いた一輪を、修司が来るので今朝活けたのだった。

「庭にたくさん咲きはじめたから、部屋にも飾ってみたんだ」

「ほう。温室ものじゃないのか」

「うん。和水仙はこの時季に雪の中でも咲くんだよ。華やかな洋水仙はもっと暖かくなってからだけど」

和水仙は派手さはないが、厳しい寒さの中でもまっすぐに咲く凛《りん》とした佇《たたず》まいが好きだと玲は思う。

「かわいい花だな」

「よかったら持っていく？」

思いつきで口にしてみてから、それはなかなか素敵な提案のように思えた。修司の部屋は綺麗だが寂しい印象がある。水仙がその寂しさを和らげてくれそうだった。

「そうだな。すこし、わけてもらうか」

修司が頷き、目元を和ませた。

「仕事から家に帰ったら、玲がいるような気分になれそうだ」

「……」

なんと返事を返したらいいかわからず、玲は頬を染めてうつむいた。そんなふうに言ってもらえて嬉しいが、家に連れて帰ってもらえる水仙に嫉妬しそうだ。

肩を抱く修司の手に力が増し、ぴたりと身体が密着する。

「玲……今夜は――」

修司の甘い声が鼓膜を震わせたとき、玲の携帯が鳴った。

「あ……ごめん」

立ちあがり、居間の隅に置いた鞄の元へ駆けていく。携帯をとりだしてみると、発信主は先輩の菊池だった。

「会社の人みたい。なんだろう」

連絡が来る予定はなかったが、仕事関係でなにかあっただろうか。不審に思いながら電話に出た。

「はい。高柳ですが」

『休日に悪いね、菊池です。いますこしいいかな？』

「えっと……」

ちらりと、ソファにすわる修司を見ると、修司は気にするなというように頷いてくれた。

「はい、すこしなら……」

『じつは、きみの顧客のＴＲＯジャパンの件なんだけどね。ちょっと直接伝えたいことがあって……いま、きみの家の近くまで来てるんだけど』

「え、いまですか」

『ああ。すまないが、もし家にいるならすこし会えないかな』

菊池の言う顧客とは昨日話をしたばかりだ。とくに問題はなかったはずだが、ミスがあっただろうか。不安になって記憶を探るが、思い当たることはない。

「えっと……」

返答に困った。せっかくふたりきりで過ごせる貴重な時間なのに、仕事で潰したくない。かといって留守にしているとうそをつくのもためらわれる。

『そんなに時間はとらせないから』

「……わかりました」

通話を切り、顔を曇らせて修司を見る。

「ごめんね。会社の先輩が来たみたいなんだ」

「会社の？　どうしてこんな時間に」

「クライアントのことで、直接話したいことがあるんだって。近くまで来てるらしいから、ちょっと会ってくる。すぐ戻るから。ごめんね」

上着は羽織らず外へ出た。小雨の降る中、傘を差して門扉を出ると、黒い傘を差した菊池が公道に立っていた。

「やあ。悪いね」

「いえ。それで、あの、仕事の話というのは」

「うん。すこし言いにくいんだけどね……」

口ごもる菊池に耳を貸してほしいと言われ、玲は素直に従った。

一歩近づいた、その瞬間。

ふいに菊池の手が伸び、傘を持つ手をつかまれた。力任せに引き寄せられ、腰を抱き締められる。

傘が道路に転がった。

「な……っ」

「細いなあ」

笑いを含んだ声。酒と煙草の匂いのする息を耳元に吹きかけられる。

「な、なにするんですっ」

とっさに男の腕をふり払う。菊池は本気の力ではなかったようで、簡単に解放された。

「菊池さん、いったい……」

「冗談だよ。ちゃんと食べてるか、心配だっただけ」

くすくすと笑うその表情は笑っているはずなのに、外灯と傘の影のせいか無表情に見えて、不気味だった。

菊池が玲の傘を拾う。差しだされるが、素直に受けとる気にはなれなかった。

「どうしたんだい」

菊池が一歩近づく。近くから見たその笑顔はいつもの彼のようで、玲はためらいながらも手を伸ばして傘を受けとった。しかしそばにはいられず、さりげなく一歩離れる。

「その……すみませんが、仕事のお話でしたら、手短かにお願いできませんか」

「誰か、家で待ってる人でもいるの？」

「いえ……そういうわけでは」

探るように訊かれてうろたえると、菊池が笑った。そして思わせぶりに駐車場にとめてある修司の車に視線をむける。

なにか知っているような仕草に、不安をかき立てられる。

菊池は本当に、仕事の話をしに来たのだろうか——。

「本当に、すぐ顔に出てかわいいなあ……高柳くんは」

じり、ともういちど距離を詰められたとき、

「玲？」

門扉の奥、小道のほうから修司の声がした。菊池の視線がそちらへむけられ、玲もふり返った。

「高柳くん」

菊池に明るい口調で名を呼ばれて顔を戻す。

「休みの日に悪かったね。じゃあまた週明けにね」

「あ……」

菊池はこちらへ歩いてくる修司をすこしのあいだ見て、何事もなかったようなふりをして立ち去っていった。

その背を見送っていると、修司がとなりに肩を並べた。

「いまのが会社の先輩か。話はだいじょうぶだったのか」

「うん。そんなに急ぎじゃなかったから」

けっきょく仕事の話はしていなかったのだが、心配をかけたくなくて、玲はそんなふうに答えた。

「そうか……」

「どうしたの？」

「いや、どこかで見たことがあったような気がしたんだが、気のせいか……」

修司が記憶を探るように目を眇めている。

どういうことだろう。菊池と修司にはなんの接点もないはずなのだが。

「寒いな。早く中に入ろう」

腑に落ちないものを抱えながら玄関へ戻り、傘をたたむと、修司に優しく肩を抱かれた。

髪に顔を寄せられ、そこで修司の動きがとまる。

「この匂い……」

「え」

「……いや、気のせいか……？」

「なにか、変な匂いでもする？」

「ちょっと煙草っぽい香りが漂った気がしたんだが、もう匂わないな」

菊池は酒と煙草の匂いを身体全体から強く発していた。抱き締められたのは長い時間ではなかったが、もしかして匂いが移っただろうか。

花の香りといい、修司は匂いに敏感なのかもしれない。

菊池に抱き締められたときの不快な記憶を思いだし、顔をこわばらせると、それに修司が目ざとく気づいた。

「どうした」

「ううん。なんでもないよ」

修司が一瞬押し黙る。それから視線を玲の髪や肩にむけながら、不審そうに言う。

「……匂いだけじゃないな。どうしてこんなに濡れてる？　髪も服も。傘を差していただろう」

「あ……うん……差したんだけどね。喋ってて濡れちゃったかな……」

絡まれた、などと話したら心配をかけそうな気がして、本当のことは言えなかった。

「玲……」

「なに」

「いや……」

さりげなくとぼけてみたつもりだが、不自然だっただろうか。修司がなにか言いたげに見つめてきたが、彼もけっきょく口を閉ざした。

「髪、拭いてくるね」

玲はぎこちない空気をごまかすように修司の腕から離れた。

月曜日になり、いつもの時刻に出社する。

週末、久しぶりに会えた修司との時間は玲を幸せな気持ちにさせた。あいかわらず忙しそうだったけれど、自分と過ごす時間がすこしでも修司の息抜きになっていたらいいと思う。

昨日の夜別れたばかりなのに、もう会いたくなっている気持ちをふり切るように、玲はオフィスへ入った。

玲のデスクは菊池のデスクの先にあり、いつものようにそちらへむかうと、すでに働いていた菊池が顔をあげた。

「やあ。おはよう」

「……おはようございます」

菊池はいつもどおりのあいさつをすると、パソコンのモニターに顔を戻した。土曜日の件について話してくるかと思っていたのだが、その気配はない。

かといってこちらから話をふる気になれず、玲は黙って席についた。

菊池はあの日、いったいなにをしに来たのだろう。

修司と過ごしているあいだはあまり気にせずにいられたが、すぐに忘れられる出来事でもない。疑問が頭から離れず、しばらくはなかなか仕事に集中できなかったのだが、顧客と電話で打ち合わせなどをしているうちにペースをとり戻した。

食堂で昼食を済ませたあと、洗面所で手を洗っていると、ふらりと菊池がやってきた。

洗面所にはふたりのほかに誰もいない。忘れかけていた緊張が胸に戻ってくるのを感じ、手についた泡を急いで洗い流そうと思っていると、菊池がとなりに立った。

「高柳くん。土曜日は急に悪かったね」

「あ……いえ」

「ところであのあとは、彼氏に抱かれたのかい？」

「……え……」

「抱かれてるんだろう？　男に」

突然浴びせられた言葉に驚いて立ちすくんでいると、その玲の態度を嘲《あざけ》るように菊池がくくっと笑う。

土曜日にも見せた、あの不気味な薄笑いだ。

「このあいだ言っただろう？　きみ、腰つきがさ、ものすごくいやらしくなったんだよ」

「……な……にを」

「あの男だろう。夜、帰っていく男をきみが見送ってるところを見てたんだよ。友だちって感じじゃなかったよね」

たしかに修司とは昨日の夜別れた。見送ったのも本当だ。

だが、なぜ菊池がそれを知っているのか。

「見てた……って」

「ああ。きみの家の前でね。日曜は朝からずっといたから、疲れちゃったよ」

菊池が得体の知れない笑みを浮かべた。

「朝、から……？」

「そうさ。朝には出てくると思ったのにさ、まさか夜までいちゃついてるとは思わなかったよ」

告げられた事実に玲は呆然とした。ではやはり仕事の話というのもうそだったのか。なぜそんなまねをと問いたいが、見張られていたという恐怖で声が出ない。ゾッとして顔を引き攣らせる玲に菊池が身を寄せ、顔を近づける。

「ひと晩だけじゃ足らずに、日曜も朝から一日中やりまくってたのかい？」

薄笑いを浮かべたまま、下衆《げす》な言葉を口に乗せる。

混乱して頭を真っ白にさせている玲の耳元で、ひときわ低い声でささやく。

「……なあ。俺にもやらせろよ」

見おろしてくる菊池のまなざしは、暗い光を宿している。

「もう男とやってるなら、かまわないだろう？」

「……っ」

菊池の手が伸びてきて、するりと玲の尻を撫でた。

「ここにつっ込ませてくれたら、男とつきあってること、黙っててやってもいいよ」

ぎょっとして身を引こうとしたら、肩をつかまれて押さえ込まれた。

「やめ……、くださ……っ」

「好きなくせに」

耳元でささやかれながら、股間をさすられる。

「や、……っ」

「嫌がる姿もそそられるね」

服の上を這いまわる手が気持ち悪い。これ以上は我慢できず、ふり払おうと力を込めたとき、菊池のほうから手を引いた。

扉のむこうから声が聞こえたためだ。

扉が開いたとたん、菊池の表情から酷薄な笑みが払拭される。

「じゃ、午後もがんばろうな」

いつもの親切な先輩の口調に戻り、菊池は玲の肩を軽く叩いて出ていった。

「………」

玲は小刻みに震えている自分の指を無言で見つめた。

呆然とし、頭が動かなかった。

信じられない。

菊池のことは親切な同僚だと思っていた。土曜のことはなにかのまちがいだと思っていた。

それなのに。

まさか、これからもさっきのように身体をさわられるのだろうか。

それだけじゃない。あの様子からして、菊池がどこで自分を見ているかわからないのだ。

――どうしよう。

怖い。

菊池の下卑《げび》た視線とさわられた感触を思いだし、玲はあまりの気持ち悪さに吐き気を覚えた。服の上からさわられただけだが、身体を汚されたような気分だった。

午後の仕事はまったく身が入らなかったが、どうにか機械的にこなし、逃げるように退社した。


「おや、玲さん。お帰りなさい」

帰宅すると、母屋の玄関ホールで顧問弁護士の斉藤《さいとう》と鉢合わせた。自宅で仕事をする母との打ち合わせを終えて帰るところらしい。その後ろには祖母の介護をしてくれている千佳《ちか》がいた。

ふたりはこの家に通っているうちに顔見知りとなり、いつのまにかつきあいはじめて最近婚約した仲だ。

「ふたりともいま帰りですか。遅くまでお疲れ様でした」

斉藤が家に来る時間はまちまちだったのだが、最近はこの時間に顔をあわせることが多い。千佳と示しあわせているのかもしれない。

「玲さんもお疲れ様。……ずいぶんお疲れのようですね」

「本当。顔色が悪いわ」

斉藤の指摘に、千佳も同意する。ふたりの心配そうな視線を受けて、玲はどうにか微笑を浮かべてみせた。

「そうですか？　自分ではわからないけど……今日はちょっと忙しかったせいかな」

「玲さん、無理は禁物ですよ。食事はとれてますか」

入院してからというもの、みんなに食事をとれと言われてしまう。しかし今日の顔色の悪さは食事をとれていないせいではない。仕事の多忙さのせいでもない。

「ええ。食欲は落ちてないのでだいじょうぶです。ありがとう」

ふたりと別れると、玲は母と祖父母と夕食をとり、離れへ戻った。

起きていると菊池のことが思いだされて憂うつで、もうなにも考えたくなかった。このまま寝てしまおうとベッドに潜り込む。気持ちが昂っていて寝つけないかと思ったが、家に帰ったら安堵したのか、すぐに眠りに落ちた。

「ん……」

ひと眠りして目が覚めるとまだ宵《よい》の口《くち》で、サイドテーブルに置いた携帯が鳴っていた。

あまり考えずに手にとる。誰だろうと表示を見たら修司だった。修司からは週に一、二度メールが来ればいいほうだったのに、先週も今週も電話が来た。嬉しくて、すこしだけ気分が浮上する。

「も……しもし……修司……？」

『……悪い。寝てたか』

玲の声はいかにも寝起きのもので、修司がばつの悪そうな声をだした。

「ん……だいじょうぶ。ちょっとうとうとしてただけだから」

『やっぱりメールにしておくべきだったな……。玲からもらった水仙を見ていたら、つい、声が聞きたくなって』

修司が反省するようにため息をこぼす。しかし玲は修司のその思いが嬉しくて、身を起こしながら首をふった。

「ほんとにだいじょうぶだよ……」

昨日の別れ際に修司に渡した水仙は、彼の部屋に飾られているようだ。その水仙が修司に電話をかけさせたのだと思うと、水仙にお礼を言いたくなった。

「その、ぼくも、修司の声が聞きたかった……」

がんばって気持ちを伝えると、電話のむこうでふっと微笑んだ気配がした。

『だったらいいが……。たいした用件があるわけでもないんだが、年末の宿の予約ができたことを伝えておこうと思ってな』

「本当？　ありがとう。修司、忙しいのに任せちゃってごめんね」

『誘ったのはこっちだし、忙しいのはお互い様だろう』

修司の優しい声が、恐怖に縮み疲弊《ひへい》した心を落ち着かせる。

旅行の予定について修司が話を続ける。それを聞きながら、玲は昼間のことを思いだした。

怖く、嫌な思いをした。その気持ちを吐きだしたい思いに駆られた。今後どうしたらいいだろうかと相談したくもなった。だが、口にはだせなかった。修司にそんな相談をしてもよけいな心配をかけるだけだ。彼のほうが自分よりも数倍ストレスの多い大変な仕事をしていると思う。自分が修司の声に癒《いや》されているように、修司にも自分との会話で疲れを癒してほしい。

自分のほうは話せば多少はすっきりするかもしれないが、そのぶん、修司にもこの不快な感情を共有させてしまうことになるのだ。

もし反対に、修司が職場でトラブルに巻き込まれたなんて聞かされたら、心配で眠れなくなるだろう。助けたくても職場の問題では自分が助力することもできず、悶々とするだけだ。

そんな思いを修司にさせられない。

『玲……寝てる、か？』

修司の訝しむ声が届き、はっとする。くよくよした思いにとらわれていて、電話中だというのに塞《ふさ》ぎ込んでしまった。

「あ、ご、ごめん。起きてるよ」

『疲れてるか。それとも、なにかあったか』

「……」

促すように尋ねられる。とても嫌なことがあったと、のど元まで出かかるが、理性で呑みくだす。

「なんでもないよ」

静かに普段と変わらぬ声を発したつもりだが、憂いた響きが混じってしまった。

修司は敏感にそれを感じとったようで、不審そうに押し黙った。

『……玲』

「なに……？」

修司の低い声に名を呼ばれ、気弱に問い返す。

『言いたいことがあったら、言ってくれ』

「うん。でも、べつに……。なんでもないから……」

『……本当に……？』

「うん」

修司のため息が聞こえた。不機嫌そうな気配を感じたが、どうしたらいいのかわからず、玲は口を噤んだ。

翌日、菊池は朝から外まわりで顔をあわせることはなかった。緊張に張りつめて出社したのだが、不在と知って肩から力が抜ける。

安堵して仕事を進め、やがて退社時刻を過ぎた頃に修司からメールが届いた。なんと、平日にもかかわらず夕食の誘いだった。

今日の修司はもう帰宅できるのだとか。忙しいばかりだと思っていたが、こんな日もあるらしい。

玲のほうは、夜に顧客と打ち合わせが入ることもすくなからずあるのだが、今日は幸いにもなにもなく、残業もせずに済みそうだった。すぐに了承の返事を送信すると、待ち合わせ場所の提案が返ってくる。玲の職場の近くのわかりやすい場所がいいだろうとか、なにを食べようとか短いやりとりを終え、うきうきしながら帰り支度をはじめた。

オフィスからぼちぼち人が減っていくのを横目に見ながら最後に書類をコピーしようとし、コピー用紙が残りすくないことに気づいた。余裕があるうちに補充しておこうと思い、となりの資材室へ足を運ぶ。

「へへ」

これから修司に会えると思うと嬉しくて、つい鼻歌が出そうになった。

狭い部屋の明かりをつける。壁際に棚があり、備品の詰まった段ボール箱が並んでいる。コピー用紙のダンボール箱は床にじか置きで、用紙の包みをとりだそうと腰を屈めたとき、開けたままだった扉がパタンと閉じる音が背後から聞こえた。

その直後、背後に人の気配を感じた。はっとしてふり返ろうとしたら、それより早く後ろから羽交い締めにされた。

「っ……!」

「高柳くん」

顔を見ずとも声の主はわかった。菊池だ。出先から戻ってきたらしい。

忘れかけていた恐怖が胸に戻ってくる。

「こんなところでひとりになるなんて、無用心だなあ。きみみたいなかわいい子、悪いやつに狙《ねら》われちゃうよ?」

くすくすと菊池が笑う。

抱き締められたまま、強い力で前へ押された。

「あっ」

壁に押しつけられ、菊池の身体とのあいだに挟まれて身動きを封じられると、身体中を撫でまわされた。

「……っ」

前にまわされた手にズボンの上から股間を握られ、のどを引き攣らせる。

「いい子にしていれば、気持ちよくしてやるよ」

「どうして……どうして、こんなこと……っ」

渾身《こんしん》の力で抗うが、菊池のほうが数段たくましく力もあり、非力な玲では逃げられない。

「いいじゃないか。ひとり相手にしてるのなら、何人相手にしたっていっしょだろう」

「や、やだ……っ」

「なぜ？　男が好きなんだろう？　男なら誰だっていいんじゃないのか」

その瞬間、頭にカッと血がのぼった。

そんなわけがない。自分が好きなのは修司だけだ。彼以外の男にさわられるなんて、絶対に嫌だ。

「はな……せっ」

必死の抵抗で、拘束がわずかに緩んだ。その隙を見逃さず、思いきり足を踏みつける。

「ぐ……っ」

よろめいた菊池の腕からすり抜け、玲は全力で資材室から逃げだした。そのまま足をとめずにオフィスに戻って鞄をつかむと、スタッフにあいさつをする余裕もなく退社する。

外へ出ても休まず足をくりだしてタクシー乗り場へむかい、客待ちのタクシーに慌しく乗り込んだ。車が走りだすと、そこでようやく息をつけたが、まとわりつくような不快感は消えてくれない。

震えがとまらず、自分の身体を抱き締めた。

早く修司に会いたかった。抱き締めて安心させてほしかった。

待ちあわせたのはホテルニューオータニのガーデンラウンジで、ロビー前でタクシーを降りる。そこからラウンジまでの道中も心細くて怖かった。まさかここまで追ってくるはずはないと思う反面、土日にずっと家を見張られていた事実を思うと、ありえないことでもないように思えてしまい、背後をなんどもふり返ってしまう。

動悸を覚えながら早足でラウンジのほうへ進むと、長い通路のむこうから見慣れた姿がやってくるのが視界に入った。

修司である。長身でスタイルよく、スマートな歩き方がひときわ目立つ。

むこうも気づいたようで、ふっと笑って足を速めてきた。

「ちょうどいいタイミングだった」

「い、いま、来たところ？」

「ああ。どうした、息を切らして」

玲はぎこちなく笑顔を作った。

「えと、遅くなっちゃったかと思って、急いで来たから……あの、早く行こ。おなか減っちゃって」

不特定多数の人が行きかう広い空間である。いつまでもここにいたら菊池に見つかってしまうかもしれない。そんな不安感が先に立ち、早く行こうと促すと、修司はすこし怪訝《けげん》そうに見つめてきたが、頷いた。

「そうだな。イタリアンでいいんだったな」

「うん」

修司に会ったら抱きついてしまうかもしれないと思っていたが、実際に会ったら抑制が働いた。

エレベーターで四十階のレストランへむかう頃には、さすがに菊池はだいじょうぶだろうと警戒を解いた。けれどせっかく修司といるというのに、頭の中は菊池のことばかりが占めていた。

これからもあんなことをされたら、どうすればいいのだろう。

「――れい。玲」

食事中、修司との会話も上の空になってしまった。名を呼ばれていることに気づいてはっと顔をあげる。

「あ、な、なに」

「……さっきから、なにを考えてる？」

「ごめん。ぼんやりしちゃって……」

「昨日の電話でもそうだったな」

「ほんとごめん」

「責めてるわけじゃないんだが……」

修司の野性的なまなざしが静かに見つめてくる。

菊池のことを話してしまおうかという気持ちがよぎったが、やはり思い直して玲は目を伏せた。

――修司に迷惑をかけちゃだめだ。

それからは会話に集中したのだが、気持ちが落ち込んでいるせいでせっかくの修司との食事もあまり楽しめなかった。

帰りの車では修司のほうも言葉すくなく、沈黙が続いたのだが、その意味を運転中のせいだろうと受けとった玲はふたたび物思いにふけっていた。

修司の車が住宅街に入り、玲の自宅に近づく。

暗い夜道。土曜日に菊池が佇んでいた情景が脳裏によみがえる。

日曜日もずっといたのだという。いったいどこから見張られていたのだろう。

もし、今日も待ち伏せられていたとしたら。そんな可能性が頭をよぎり、慌てて運転席の修司に声をかけた。

「あの、修司。この辺で車とめてくれるかな」

「え、どうした」

「この辺りまででいいよ。あとは歩いて帰れるから」

このまま家まで車で送られたら、万が一菊池が待ち伏せしていた場合、目撃されてしまう。

「もう、すぐそこだが」

「うん。でも、ちょっと歩きたい気分というか……」

「……だが、こんなところで……」

そうこう言っているうちに車は自宅に着き、門扉の前で停車した。

玲は落ち着かなく辺りへ目を配った。

菊池は、修司との仲に気づいている。

もし男同士でつきあっていることがわかる現場を押さえられたら、それを使ってよからぬことを企《くわだ》てるかもしれない。自分だけならまだしも、修司を巻き込むことは避けたかった。

幸い自宅周辺の路上に人影は見当たらないが、油断はできない。

「ありがとう……じゃあ」

「玲」

修司の手が頬に伸ばされる。親密なところを見られたらという警戒心から、その手をよけるように玲は身を引いた。

修司が動きをとめる。

「あ……えっと」

修司を拒んだわけではないのだが、結果として誤解させるような行動だったとあとになって気づき、焦って口を開くがなにを言ったらいいのかわからない。

押し黙って見つめてくる修司のまなざしが徐々に硬化し、不機嫌さを滲ませる。

修司の手がおりる。

「玲……。このところ、様子がおかしいように感じるんだが。俺に、なにか言いたいことはないか」

図星を指されてどきりとする。けれど本当のことを言うわけにはいかず、言葉に詰まってしまう。

「あ、の、ごめん……」

「なぜ謝る。言いたいことがあったら言ってくれ」

「べつに、なにも」

なにもない、というのはうそだ。本当はいますぐ修司に相談したい。怖い思いをしたのだと打ち明けてしまいたい。

でも、できない。

今日だってきっと忙しいなか時間を作ってくれたに違いないのに、修司を煩わせたくなかった。

「その……ほんとに、なにも……」

射抜くような瞳と声の強さに、玲は萎縮してよけいパニックしてしまう。

「……あまり、こういうことは言いたくないが……」

そんな玲を睨むように見つめていた修司が、ためらうように前置きしてから静かに尋ねる。

「もしかして、俺との関係が嫌になったりしてないか」

「ま、まさか。そんなことないよ……っ」

「だったらなぜ避ける。食事中もずっとつまらなそうだったな」

「それは……、ここは、外だし……。食事中は、その、ぼんやりしてて、ごめん」

自分といっしょにいるときは和んでほしいと思っていたのに、知らずに不快な思いをさせていたようだ。そんなつもりではなかったのに、申しわけなかった。

「謝ってほしいわけじゃない」

修司が深く息をつき、勘ぐるような声音で尋ねてくる。

「週末に、会社の先輩とやらが訪ねてきたな。その直後からよそよそしくなったよな」

玲はぴくりと頬を緊張させる。その微妙な変化を修司は見逃さなかった。

「まさかと思うが、そっちに気が移ったとか言わないよな」

「な……っ」

冗談ではない。まさかそんな疑惑を持たれるとは思わなかった。驚きのあまり絶句してしまう。

「そ……そんなわけないじゃないか……っ」

どうにか声を絞りだして否定するが、修司の態度は硬いままだ。

「そうならいいが。だが、おまえは……好きだと言ってくれたが、本当に俺のことを好きなのかと訊きたくなることが、たまにある」

修司が視線をはずし、疲れたように髪をかきあげる。

「玲から電話をしてくることはないしな。このところなにか隠してるようだし……以前からよそよそしいところはあったが、両想いになったからって甘えてくるわけでもなし。むしろますます素っ気なくなったような……」

不満のこもった、責めるような口調だった。

よそよそしくなってしまうのはすべて遠慮によるもので、好きじゃなくなったわけではない。好きだからこそ気を遣いすぎているだけなのだが、その心の機微《きび》を修司には変なふうに誤解されているようだった。

「そんな……そんなこと、ないよ。ぼく、修司のことが好きだよ……」

恥ずかしがっている場合ではない。がんばって必死に気持ちを伝えるが、修司にはいまいち伝わっていないようだった。ちらりと一瞥しただけで、その目は車外へむいてしまう。

「あの、ほんとに……今日は、平日だったから疲れてて……ぼんやりしてただけで……」

「……そうだな。忙しいってわかってるのに誘って悪かった」

「あ、ちが……そういうつもりじゃ……」

「疲れてるんだろう。早く家に入って休むといい。おやすみ」

「……」

話を打ち切られ、玲はどうすることもできず車から降りた。辺りを見まわすが、菊池の姿はなさそうだった。

「……おやすみ。気をつけて」

去っていく車を見送りながら、やるせないため息をこぼす。

こんなに好きなのに、どうして伝わらないのだろう。

誤解させてばかりだ。

高校のときもそう。思いをうまく伝えることも隠すこともできず、誤解させて、傷つけた。変わりたいと思うのに、あの頃から自分はおなじことをくり返している。

「……なんでこうなっちゃうのかな……」

落ち込みながらとぼとぼと門扉をくぐる。うつむきがちに歩いていくと、夜の暗さの中で白く浮かびあがっている水仙が目にとまった。その背筋を伸ばしたように咲く姿は、ちいさくても堂々としていて美しかった。自分もこんなふうに凛としていられたらと思う。

カニに親近感を覚えると言ったら修司に笑われた。

花に憧れると言ったら、やっぱり笑われるだろうか。

修司の部屋に飾られている水仙は、元気に咲いているだろうか。自分の代わりに、修司の心を慰めてくれるといいと願った。

気まずいまま修司と別れて約一週間。

菊池のセクハラは続いた。

さりげなく身体をさわってくるのはもちろん、卑猥な画像メールを送りつけられるのも日常茶飯事だった。

資材室で襲われて以来、ひとりにならないように気をつけていたせいもあり、会社にいるときはいっときも緊張を解けない。営業とはいえ外出ばかりしているわけにもいかず、玲の精神は日増しに参ってきていた。はっきりとやめてくれと言えたらいいのかもしれないが、下手に神経を逆なでして修司との仲をばらされたらと思うと、どうしてもためらってしまう。

「仕事、行けるかな……」

朝、目覚めた直後から胃がきりきりと差し込むように痛んだ。このところまた食べ物がのどを通らなくなってしまい、立ちあがると身体がふらつく。

どうしてこんなことになってしまったのだろう。

ついこのあいだまで、修司との旅行を楽しみにしていたのに。

修司ともあれから連絡が途絶えており、不安が蓄積していた。怒らせてしまったようで謝りたいし弁解したいが、わかってもらえるか自信がない。怖くて連絡できずにいる。

重い気持ちのまま朝食をとりに母屋へむかうと、玄関先で大学院生の妹と顔をあわせた。

「おはよう、兄さん。って……ちょっと、すごい顔色だよ。だいじょうぶ？」

見てわかるほどにひどい状態なのだろうか。

頭がぼんやりしていた。無理して動いたから血圧が下がっているのかもしれない。このままでは倒れるかもしれないと思って踵を返そうとしたが、判断が遅かったようで、身体が動かなかった。

――ああ……やばいかも……。

視界が白くぼやけ、急速に身体の感覚がなくなっていく。

「ちょ、兄さんっ？」

そばにいるはずの妹の慌てた声が徐々に遠くなり、やがて玲は意識を手放した。

次に目が覚めたらそこは母屋にある客間だった。和室で、来客用の布団に寝かされていた。ここまで運んでくれたのは妹と母親だろうか。玲の住まいよりこちらへ寝かせたほうが早いとの判断だったのだろう。

胃も頭も重いが、痛みは和らいでいる。胃痛の具合からして、先月倒れたときのような胃痙攣ではなく、貧血を起こしたのだろう。のろのろと起きあがり、時計を見ると昼近くになっていた。

仕事はどうしよう。午後から出ようか。しかし菊池に会いたくない。顧客との約束はなかったはずだが、ともかく会社に連絡しないと、などとぼんやり考えていると、母が様子を見に来た。

「よかった、起きたのね。具合はどうなの」

「ん。もうだいじょうぶ」

「先月も倒れたって言ってたわよね。休んだら治ったって話だったから、今回もそうかしらと思って様子を見てたんだけど。まだ起きないようだったら医者を呼ばなきゃと思ってたわ」

「心配かけてごめん」

「会社には、目を覚ましたら連絡させるって言っておいたけど」

心配そうな母に礼を言い、自室で休むと告げて離れへ戻った。

午後から仕事に出ようと思えば行けなくもないが、身体は重く、どうにも気力が湧かなかった。会社に連絡を入れると部長も心配してくれていた。明日には行けると伝えて通話を切り、パジャマに着替えてベッドに横になってしばらくすると、来客があった。

「ごめんください。玲さん」

玄関から聞こえるのは斉藤の声だった。

「あ、はい。いま行きます」

カーディガンを羽織って階下へおりる。玄関にスーツ姿の斉藤が爽やかに立っていた。

「倒れたとお伺いしましたが、お加減はどうですか」

「えと、だいじょうぶです。もう問題ないです」

「では、少々お話をよろしいですか」

「ええ。どうぞ」

応接間へ招き入れ、暖房を入れる。父親の遺産問題のことか、それとも千佳との件で話でもあるのだろうかと思いつつソファにむかいあって腰をおろした。

斉藤はすぐに話しださず、玲の顔をしげしげと見つめてきた。

「あの？」

「ああ、すみません。用件はですね、お母様から様子を見に行ってほしいと頼まれまして」

知的な顔に穏やかな微笑を湛《たた》えた男は簡潔に告げる。

「またなにか溜め込んでいるようだと、心配しておられましたよ。家族には言えなくても、弁護士ならば相談しやすいのではないかということで私に頼まれましてね。私にも、いまの玲さんは先日お会いしたとき以上に危なっかしく見えます」

母は、家族が尋ねても息子は口を開かないとわかっていて、斉藤を送り込んできたようだ。心配をかけたくないと思う気持ちとは裏腹に、みんなに心配をかけどおしだった。

「ご心配をおかけしてばかりで、すみません」

玲は弱々しく頭を下げた。

「いえいえ。玲さんと私は胃病仲間ですからね。仲間がまた胃を患《わずら》いそうになっているのを放ってはおけません。よけいなお世話かもしれませんが、私でよければ力になりますよ」

「……ありがとうございます。でも……、斉藤さんに相談するほどのことでも……」

口にするのはためらいがあった。男なのにセクハラの対象になっているだなんて、言いだしにくい。

「たいしたことでなくとも、打ち明けてもらえたらお母様も安心されるのではないでしょうか。それから私は弁護士です。相談は仕事として聞きます。当然守秘義務は遵守《じゅんしゅ》しますのでご安心を。ちなみに依頼主はお母様なので、相談料の請求は玲さんにはしませんから、そちらのほうも安心して話してみてください」

冗談めかして仕事だと言い切るのは、玲の性格を知っている斉藤の配慮である。

大事な人間には言いにくいことでも、赤の他人の専門家ならば言いやすいこともある。

心配をかけた母のためにも、斉藤に事情を話しておくべきか。それにもう、ひとりで耐えるには限界を感じる。

「玲さんのことだから、悩みは人間関係かな」

斉藤のやわらかなのに淡々とした声は落ち着いていて、感情を覗かせない。よく訓練されたその声《こわ》音《ね》に自然と誘導されて、玲はためらいながらもちいさく頷いた。

「ええ……会社の人間関係でトラブっていて」

男にセクハラされていると言うと、被害者である自分まで妙な目で見られそうで、相談しにくいものがある。しかし斉藤ならばその手の話にも慣れていそうで、重い口を開き、ぽつぽつと語っていった。

「同僚に、セクハラされるようになってしまって」

男の恋人がいるだろうと脅されたことは伏せ、それ以外はすべて話して聞かせた。

「なるほど。それはかなりのストレスですね。会社のセクハラ相談や上司には相談されましたか」

「いえ、まだ……」

「川村先生には？」

「え」

なぜここで修司の名をだされたのかわからず、玲はきょとんとした。

「懇意にされているようなので、ご存知なのかと」

「え……と、でも、修司にそんな迷惑はかけられないですから」

「そうですか。先日、病院でお会いしたとき、玲さんのことを心配しておいででしたよ」

「修司が、ですか」

「ええ。もしなにかあれば話を聞いてやってほしいと」

以前は私が玲さんのことをお伺いしたのに今度は逆ですね、と斉藤は笑った。

修司が心配していると聞いて、申しわけない気持ちが募った。心配ばかりかけている。

このままではいけない。

菊池との件を解決しよう。そして問題が収まったら、修司に会いに行こう。

自分の気持ちを、きちんと伝えなくては。

斉藤に背を押され、一歩進む決意をした。


翌日出社早々、玲は部長に相談した。

ことを大げさにしたくはなかったが、最良と思われる方法はこれしかなかった。

「菊池が……。そうだったか……。いや、じつは私もな、彼の様子がおかしいような気もしていたんだが……」

菊池の変化に部長もなんとなく気づいていたようで、玲の訴えを真摯《しんし》に受けとめてくれた。

男同士なのにくだらないことをと一蹴《いっしゅう》されることも考えていたので、まじめに聞いてもらえただけでもほっとした。

「高柳くんの主張だけを鵜呑《うの》みにはできんから、菊池くんの話も聞いて確認するぞ。彼がどう答えても、口頭注意はするから、まずは様子を見よう。それでいいか」

「はい」

――ちょっと、気持ちが楽になったな……。

その日は久しぶりに仕事にも集中できて、気づいたときには退社時刻になっていた。

部長が親身になってくれて本当に助かった。勇気をだして話してみるものだ。ひとりで抱え込んでいたときにはどんどん沈み込み、こわばっていた心が浮上している。

「修司に……連絡してみようかな」

まずは心配をかけたことを謝りたい。それから――。

そんなことを考えながら家路を急ぎ、自宅付近まで来たときのことである。突然後ろから足音が近づいてきて、腕をつかまれた。

「っ！」

驚いて反射的に腕を引くが、骨が折れそうなほど強くつかまれていて離れない。相手を見あげると、それは目をぎらぎらと光らせた菊池だった。

「よくも部長に言ってくれたね」

玲はひっと声にならない悲鳴をあげた。まさかあとをつけられていたなんて。

「っ、放してください……っ」

離れようとするがつかまれた腕は離れず、揉みあいになる。

「きみはもう少し利口だと思っていたが、部長に告げ口したということは、きみがゲイだということを、ばらしてもいいいんだね」

「べつに、言いふらしてくれてもかまいませんっ」

玲は叫んだ。

「きっと、誰も信じやしませんから。セクハラのこと、部長に告げた腹いせだとしか、みんな受けとめませんよ……っ」

「ふん。生意気なことを言うようになったな」

菊池の手がもう一方の玲の腕をつかみ、引き寄せる。

「だが相手の男はどうなんだ？　きみとつきあっていることがばれたら、まずいことになるんじゃないのか」

「や……っ」

「明日には部長に、昨日言ったことはうそだったと前言撤回してもらうからな。ちゃんと言えるように、これからしっかり教え込んでやる」

身体を抱え込まれて強引に引きずられてしまう。力ではまったくかなわなかった。

「誰か……っ！」

人通りのない閑静な住宅街に、玲の叫び声が響く。そのとき、道を走る車のライトがふたりを照らした。

揉みあうふたりの脇で車が停車する。中から出てきたのは修司だった。

「玲……っ」

修司は状況を把握するや否や菊池に飛びかかり、襟首をつかんで玲から引き離した。菊池の頬にこぶしを叩きつける。菊池が吹っ飛んで地面に転がる。

倒れた菊池はちいさく呻くと、殴られた頬をさすりながら身を起こし、修司のほうへ顔をむけた。

「……な……あんた、いきなり人を殴って……」

「なんだ。まだ殴られたいか」

怒りのオーラを全身から漂わせた修司が大股で菊池に詰め寄り、襟首をつかんで引きあげる。問答無用でもう一発殴りつけた。さらにもう一発くりだそうとして腕があがる。

「しゅ、修司……っ」

修司の登場に呆然としてしまった玲だったが、震えながら修司の背に抱きついた。それ以上の暴力はいけないととっさに思った。

その隙に菊池が修司の腕から逃れる。菊池は鼻から血を流していた。

「あんた……高柳の男だな」

滴った鼻血を拭きながら菊池が口元に薄笑いを浮かべる。菊池の不気味な視線を修司は真っ向から跳ね返した。

「それがどうした」

「いきなり殴りかかってきて、傷害罪だぞ。訴えてやるからな」

「好きにすればいい。一部始終はその辺の防犯カメラに映っているだろうから、こちらの正当性は簡単に主張できるけどな」

修司はつまらなそうに鼻を鳴らし、平然と言ってのける。たしかにこの辺の住民は富裕層が多く、どこもセキュリティ対策をしている。

菊池が押し黙った。焦ったようにきょろきょろと周囲に目をさまよわせる。

「ほら、そこにあるぞ。人を襲うときはそれぐらい確認するのが常識だろう」

修司が指差した家には、たしかにカメラが設置されていた。

「いまも映ってるぞ。ふり返ってくれたお陰で顔がしっかり映ったな」

「く、くそ……っ」

菊池はうろたえて駆け去っていった。

玲が修司の背から離れてその背を見送っていると、修司の静かな声が頭上からおりてきた。

「怪我は」

「だいじょうぶ……」

「いまのは、このあいだ家に来た同僚とやらじゃないのか」

見おろす瞳がどういうことかと尋ねてくる。

ともかく話は家に行ってからにしようということで車に乗った。

家に到着し、修司を居間へ通す。離れてすわろうと思ったのだが、修司に手を引かれておなじソファに並んですわった。

「で、どういういきさつで揉めてたんだ」

襲われた現場を目撃され、なおかつ助けられては黙っているわけにはいかなかった。玲はしどろもどろに事情を打ち明けた。

「じつは……セクハラとか、ストーカーみたいなこととか、されてて……」

修司が真剣に眉をひそめる。

「それはいつから」

「このあいだ……、修司が家に来たときから……」

すると修司がなにかを思いだすように目を伏せた。

「あいつの顔にはどこか見覚えがある。おそらく、なんどか玲といっしょのところを見られているはずだ」

修司の言葉から、菊池にずっと見られていたのだとわかり、背筋に悪寒が走った。

「様子がおかしいとは思ったが、そういうことか。そのときも、なにかされたんだな」

うつむいて膝の上に乗せた手を見つめていると、その手を修司の大きな手に包まれた。

「なにをされた」

「されたってほどのことは……」

「いいから、教えてくれ」

強い視線に促される。

「セクハラと言うからには、身体をさわられたりしたんだろう。俺に話せないほどのことをされたか」

「そこまでは……えと、さわられたけど、服の上からだったし……無理やりなにかされそうになったこともあったけど、逃げだせたから。それから――」

あまり口にしたいことではないが、これ以上心配をかけたくなくて、これまでに受けた被害を正直に話した。

修司はずっと黙って聞いていて、眉間のしわをますます深めている。その表情は険しくて、玲のあまりの不甲斐《ふがい》なさに怒りが湧いたのだろうかと心配になってしまうほど、怖い。

不穏な様子に不安になり、玲は肩をすくめてびくついてしまう。これ以上修司を刺激したくなかった。なので上司や斉藤には相談済みで、心配いらないことを強調しておく。

「上司にも斉藤さんにも相談済みだから、ぼくのほうはだいじょうぶ。それよりも、修司に迷惑をかけちゃって……ごめんね。ぼくとつきあってること、知られちゃって……あの人、修司に逆恨みとかしないといいんだけど……」

菊池はきっと修司の身元を知っているに違いない。

上司へ報告した腹いせに玲を襲うような男だ。修司にも先ほどの腹いせになにか仕掛けたりしたら。

自分に関わったばっかりにと、申しわけなさでいっぱいになった。

「巻き込んじゃって、本当にごめんね」

頭を下げて謝るが、すぐに反応は返ってこなかった。

「あの……」

眉尻を下げつつ、恐る恐る修司の顔色を窺うと、彼は不機嫌そうにぶすっとしていた。

修司は握っていた手を離すと、ソファの背もたれにその片腕をまわし、玲に身体をむけた。

「俺のほうはなんとでもなる。それよりも、玲」

呼びかける声が一段低いものになった。

「なぜ、俺に黙っていた」

「それは……心配かけたくなくて」

見つめてくるまなざしが、その回答では不服だと告げてくる。

「斉藤さんには話せるのに、俺には相談できないのか。彼のほうが頼りになるか」

俺は頼りにならないのかと責めるように言われて、玲は慌てて首をふる。

「ち、違うよ。斉藤さんには成りゆきで話すことになっただけで……あの人は弁護士だから、仕事として聞いてもらったんだ。修司はただでさえ大変な仕事なのに、よけいな心配かけたくなかったから」

修司は、玲が好きなのは斉藤なのだと思っていた時期があったらしい。また誤解されては困ると、玲は焦ってこぶしを握り締めた。

「なんども言いたくなったけど、でも、休日でも病院から電話がかかってくる姿なんか見たら、重荷になりそうなことは、やっぱり言えないなと思って……」

言葉を重ねて弁解を試みるが、修司は依然として不機嫌そうなままだ。いや、言えば言うほど怒らせているようだった。

修司が感情を抑えるように深いため息を吐いた。

「このところ、会話中に黙ったり、上の空だったりしただろう。それは、このことを考えていたせいか」

「……うん。ごめん」

「それだけなんだな」

「うん」

「俺とのつきあいが嫌なわけじゃないな」

「まさか」

修司が大事だから黙っていただけなのに。

玲は思わず修司のセーターの裾に指を伸ばした。

「嫌なわけ、ないじゃないか。やっと想いが通じたばかりなのに……」

好きな人に気持ちを疑われることほど悲しいことはない。先日の食事のあとも、本当に好きなのかと言われて悲しい思いをした。

どう言ったら伝わるのだろう。

きちんと伝えようと思っていたけれど、いざ本人を目の前にすると思うように言葉が出ない。

「ぼく、修司が好きだよ……すごく……好き……」

泣きたい気分で必死に想いを紡いでいるうちに、目に涙が滲んできた。

「ずっと好きだったんだ。ほんとに、修司しか好きになったことなくて……想いが通じてからは、ますます好きになって――」

好きだという想いが溢れすぎて、それ以外の言葉が出てこない。くしゃりと顔をゆがませて涙をこらえたとき、修司の腕に身体を引き寄せられ、抱き締められた。広い胸にしっかりと抱擁《ほうよう》されて、とくんと胸が鳴る。

「あ……」

「だったら……もっと、俺に甘えろ」

怒った声でささやかれた。

「頼むから」

一瞬だけ息がとまるほど強い力でぎゅっと抱き締められ、それから腕の力が加減された。

「また痩せたな……」

ひそやかな呟きに続いて、ふと気づいたように尋ねられた。

「なあ、玲。もしかして、このあいだ車の中で俺の手を避けたのは、さっきのストーカーが理由か」

「……うん……。その辺の道端で見られてるかもって思っちゃって」

「そういうことか……」

ため息とともに修司の身体からわずかに力が抜けたようだった。

「……あのな。俺への気遣いは嬉しい。だが、そうやって黙っているのはやめてほしいと思う。頼むから遠慮しないでもうちょっと教えてくれ。不安になる」

「不安……修司が？」

「ああ。なにか言いたそうで言いだせない様子を見せられて、こちらから尋ねてもおまえは言ってくれない。ただの遠慮なのか、ほかに意味があるのか、俺にはわからない。黙っていられると、俺に不満があって、でも口にだせないんだろうかと勘ぐって不安になる」

いつも自信に満ちているように見える修司が不安を抱くだなんて、あまり考えたことはなかった。

しかし、思えば修司も自分とおなじ二十七の男だ。悩みや不安を抱えてもふしぎではない。

そして自分の行動をふり返り、自分も修司に手を伸ばして避けられたら、きらわれたかと不安になるだろうと、言われて初めて思い至った。

「俺はたぶん、玲が思っている以上に思い込みの激しい男だぞ。誤解されたくなかったら、わかるようにちゃんと伝えてくれ」

吐息とともに真剣に頼まれて、玲は眉尻を下げた。

「……ごめんなさい」

「こっちこそ、悩んでいることを察してやれなくてすまなかった」

修司の手が玲の背を優しく撫でる。久しぶりの香りとぬくもりに包まれて、こわばっていた心が次第に落ち着いてくる。

「俺はもっとおまえの人生に関わりたい。玲は俺に対して、そんなふうに思ったりはしないか」

「ぼくは……そばにいさせてもらえたら、それで……」

修司がふっと笑い、髪にくちづける。

「かわいいな」

甘い声で告げられ、玲は顔を赤くした。

「ほかに、俺に言いたいことや、言えないことはないか」

「えと……あ、さっきは助けてくれてありがとう」

「無事でよかった」

「そういえば、どうして……」

今日は会う約束をしていない。玲の家に来る以外に修司がこの辺にやってくる目的はないはずだった。

「このあいだ、不機嫌になって帰ったことを謝りたくて会いに来た。事前にメールを入れておいたんだが……」

「え、メールなんて……あ」

連絡なんて届いていないと思いかけ、そういえば日中の会議のときに電源を切ったままだったことを思いだした。

「ごめん。見てなかった」

「いつもと違って返事がなかなか来ないから、これは愛想をつかされたかと急いで来た」

助けられてよかった……と心底ほっとしたように修司が呟く。

「先日も、おまえはちゃんと好きだと言ってくれたのにな。変に疑ったりして悪かった」

「ううん。ぼくのほうこそ……ごめん。忙しい修司の負担になりたくないって思ったんだけど……それが却《かえ》って不安にさせてただなんて、気づかなかった」

修司の手にくしゃりと髪を撫でられる。

「俺はおまえを負担に思ったことなんてない。どんなに疲れていたって玲に会うだけで嬉しいし、困ったことがあれば相談にも乗りたい。もっとわがままだって言ってほしいんだ」

優しく、力強く言ってもらえて、じんわりと心が温かくなる。それに励まされるように玲も素直な気持ちを口にした。

「ぼくも……本当は毎日だって、修司に会いたい。声だけでも聞きたい」

そう言って修司の背にそっと腕をまわす。すると修司が嬉しそうに微笑んだ。

「そんなことを言うと、うっとうしいぐらい電話をかけるかもしれないぞ」

「うっとうしいだなんて思わないから、かけてほしい……ぼくも、かける」

「玲……それ、約束だぞ」

甘くささやかれ、耳にくちづけが落とされる。それから頬に、まぶたにくちづけられ、最後にそっと唇を重ねられた。

キスはすぐに深いものになり、舌を差し込まれる。舌がふれあう感触に甘い陶酔と快感が身のうちに広がってきて、身体がじんわりと熱くなる。

「ん……ふ、……」

なまめかしい動きで口の中を愛撫する修司の舌は甘くて、玲は蜜を味わうように修司のそれを吸ってみた。男の蕩けるような唾液を嚥下《えんげ》し、のどの奥で味わうと、身体の奥が熱く燻る。やはり媚薬を飲んだようだと思えた。

痺れるような心地よさに身をゆだねていると、お返しとばかりに修司に舌を吸われ、ぞくんと腰に甘い震えが走る。

角度を変えてなんども舌を絡め、敏感な場所を舐められて、キスだけではとても収まりがつかないほど身体の熱をあげられた頃、唇を解放された。

「玲……ベッドに行こう」

熱い吐息に誘われる。

キスだけなのに恥ずかしいほど感じてしまって、身体はもっとたしかな熱を欲していた。

玲は上気した顔をうつむけるようにこくりと頷いた。

「あの、じゃあ、シャワー浴びてくる」

修司から身体を離して浴室へむかった。服を脱ぎ、シャワーを浴びながら後ろへ指を伸ばす。修司は玲が自分でここをほぐすのをなぜか嫌がるのだが、嫌がられてもやっぱり準備しておきたい。

壁に片手をつき、指を挿れやすいように腰を突きだして、中指をゆっくりと潜り込ませた。

とそのとき、背後の扉がガチャリと開いた。

「っ！」

「やっぱり自分でやってたか」

ぎょっとしてふりむくと、均整のとれた裸体を晒す修司がそこに立っていた。玲は扉のほうへむかって腰を突きだす格好をしており、自分の指が埋まっているそこを、修司にまじまじと見おろされている。

「な……、しゅう……っ」

かっと顔から火を噴きながら指を引き抜く。逃げることもできず、すぐさま後ろから抱き締められた。

「俺が洗ってやる」

耳元で色っぽい声にささやかれる。

「あのっ、自分でできるから……っ」

玲の遠慮などまるで聞こえないかのように無視された。

修司の手がボディソープをとり、胸になすりつける。ぬるぬるとした指でふたつの乳首を摘まれ、玲はびくりと身体を震わせた。

「あ……っ」

「俺に身体をさわられるのは、嫌じゃないよな」

「い、嫌じゃないけど、でも……っ」

背中に修司のたくましい身体が密着している。腰には硬くなりつつある彼のものが当たっていて、羞恥で身体が熱くなる。

「ん……は……」

乳首をもてあそばれながら、うなじにくちづけられ、ぞくぞくと身悶えしたくなるような快感が芽生える。身体を支えようと両手を壁についたら、まるで後ろにねだっているような体勢になった。応えるように、修司の片手が乳首から離れて後ろにふれる。

「あ……、そこは……」

「ここをいじられるのが、そんなに恥ずかしいか」

「あ……、んっ……、っ」

ぬぷ、と音を立てて指が入ってくる。

「ここをほぐす行為も前戯だと思うんだが。だから俺がやりたいんだが、嫌か？」

指は計算したように中のいいところを刺激してくる。嫌だなんて言えるわけがなかった。

「自分で済ますのは、なにかの処理のようで味気ないと思わないか」

「で、でも……、っ……、そんなところ……、それに、修司が面倒じゃ……、んっ……」

「だから、そういう遠慮はいらない」

指が増やされた。ぬぷぬぷと抜き差しされ、広げられる。

「俺は、俺の手で玲の身体を開きたい。玲の身体のことはすべて、俺が関わっていたい。すこしでも長く、この身体にふれていたい」

「あ……あ、あ……っ」

「こうして、花が開くようにすこしずつ玲が乱れていく姿を見るのは――」

修司が耳元へ唇を寄せ、熱っぽい吐息を吹き込む。

「……たまらなく興奮する」

低く色っぽい声音に、腰がぞくりと震えた。その拍子に咥え込んでいる指をきゅっと締めつけてしまい、指の長さと形を粘膜で感じた。

「っ……」

「次からは毎回、いっしょにシャワーを浴びるようにするか」

乳首をいじっていた修司の手が下へおりていき、兆しはじめた玲の中心を握る。ボディソープのぬめりをまとった大きな手のひらに包まれてしごかれると、口淫《こういん》されているように気持ちよかった。

「あ……は……っ、ん……ぁ」

リズミカルに前をしごかれ、後ろでは指を抜き差しされ、そこからぐちゅぐちゅと淫らな音が生まれて浴室に響く。鼻から抜ける息がねだるような色を帯びていて恥ずかしさを覚えるが、こらえられない。

中をかきまわす長い指は玲のいいところを熟知していて、的確に快楽のツボを突き、呼吸を乱させる。

もっと。もっとほしい。

指よりもずっとたくましい、修司の猛りでそこを満たしてほしくて腰が揺れてしまう。身体にかかる熱いシャワーと快感の波に、頭がのぼせたように朦朧《もうろう》としてくる。

「は……、あ、あ……っ」

身体の奥が疼いてたまらなかった。中の粘膜が切なく指に絡みつき、もっと奥を抉ってほしいと淫らに蠢いてしまう。入り口はやわらかく蕩けているのにひくつき、いやらしい欲望を明確に修司に伝えてしまう。

「しゅうじ……っ、も、だめ……、お願い……っ」

がくがくと下肢を震わせ、必死に訴えれば、修司がねっとりと耳朶を舐めながら、焦らすように問う。

「どうする？」

「ん……、修司が、ほしい……」

恥ずかしがっている余裕もなく、欲望を口にした。修司のものも自分とおなじほどに硬く張りつめていることは、腰に当たる感触から知っている。彼だって、早く繋がりたいはずだった。

「立ってるの、辛いだろう。いちど達っておくといい。それからベッドに行こうか」

玲をこのまま達かせようとして修司の手の動きが大胆になる。しかし玲はその手を拒んだ。

「や……、だいじょぶ、だから……このまま、お願い……」

「いいのか？」

「うん……」

強い快感で下肢に力が入らず、立っているのは辛かった。しかし身体は修司を望んでいた。修司に貫かれて達きたかった。

後ろから指が引き抜かれる。いったん閉じた入り口に、指よりも太いものが押しつけられた。それは猛々しくすぼまりを押し広げ、やわらかな肉の中へ潜り込んでくる。

「あ……は……っ」

身体を開かれ、ほしいものを与えられた快感にめまいを覚える。

「玲……そんなに、締めつけるな……」

背後から修司の苦しげな声が届き、無意識にそこを締めつけていたことに気づく。

「ん……っ、ごめ……っ」

どうにか力を緩めようと試みるが、中が痙攣したようにひくひくして、修司に圧をかけているよう

だった。

ぬち、ぬぷ……と粘膜と皮膚がこすれあう音を立てながら、修司の熱い猛りが身体の中へ収められていく。

根元まですべて嵌まると、繋がったまま身体を抱き締められた。たくましい腕に抱かれ、背中に広い胸板が密着する。

立ったまま行為に及ぶのは初めてで、修司の楔が慣れない角度で収まっている。それが玲の感覚を敏感にし、猛りの熱や硬さをつぶさに感じてしまう。

挿れられただけなのに、そこを満たされた感覚がとても気持ちよくて、玲は熱い吐息をこぼした。

「……熱い……修司の……」

「玲……」

修司が興奮した声で名を呼び、うなじにくちづける。

繋がっている狭い場所が、ゆっくりと修司の形に馴染んでくる。それを待ってから、修司が腰を動かしはじめた。

いつもとは異なる角度から突きあげられる。

「あ……っ、は……っ」

ずっしりと重量のある修司のそれが出入りするたびに、そこから甘い快感がほとばしる。

「気持ちいいか」

「ん……、気持ち、いい……っ、あっ、ん……っ、そこ……っ」

与えられる快楽に理性はまたたくまに吹き飛び、問われるままに欲望を口にし、陶酔しきった表情を晒す。その艶やかな色気は濃厚な香りを放ち、無意識に相手の劣情を刺激する。

流したままのシャワーの湯が、修司が腰を動かすごとに派手な音を立て、ふたりの興奮を高めていく。

修司の手が玲の胸をまさぐり、ふたつの乳首を摘んだ。ぐりぐりとこねるようにそこをいじりながら腰を揺すられ、甘い快感が増幅する。

「や、ぁ……それ……っ」

「どうして。玲の中は、ものすごく喜んでるぞ」

「だ、から……あ、あ……っ、も、出ちゃ……っ」

気持ちよすぎて我慢がきかない。中心は先走りを滴らせて限界を告げていた。

「達っていいぞ」

修司が巧みな腰使いで突きあげてくる。濡れた粘膜に甘い快感が満ちて身体中に広がり、それ以外にはなにも考えられなくなる。身体の奥からどっと熱い快感がほとばしり、こらえることもできずに玲を押し流した。

「あ――っ！」

悲鳴のような嬌声をあげて欲望を解き放つ。快感に粘膜が激しく震え、まるで精を吸いあげようとするかのように修司の猛りを絞りあげてしまう。玲が達ったあと二度ほど抜き差ししたところで、修司も奥に熱を放った。たっぷりと中を濡らされているのが、粘膜を通して感じる。

「あ……ん……」

くたりと力が抜けた玲の身体から楔が抜け出ていく。その場にへたり込みそうになった玲を片腕で支えた修司は、もう一方の腕を壁の操作パネルへと伸ばして、浴槽に湯を溜めはじめた。そして玲を抱きかかえて、まだ湯の溜まっていない浴槽へ入った。

「あの……」

「悪い、玲。とまらない」

腰をおろした修司は、興奮の冷めやらない熱っぽいまなざしでそう言うと、玲を抱きあう格好で上にすわらせる。

「もういちど、入らせてくれ」

「え、あ」

腰をあげさせられ、その下に修司の猛りがそびえ立つ。尻をつかまれて入り口を開かれ、たったいま注がれたものがとろりと溢れ出てきたところに、猛りを押し込まれた。

「あっ、あっ……」

腰を落とされ、自分の体重でそれを呑み込んでしまう。

「……ん、ぁ……すご、く……奥まで……」

感じすぎて、のどを震わせてうわごとのように呟く。

修司もそのまなざしに色気を滲ませながら、熱っぽくささやく。

「玲……」

ずっぷりと嵌め込まされ、修司の先端が奥まで届く。ひと息もいれずに突きあげがはじまった。

「あっ、あっ、あ……ぁ、っ……、や、ん……っ!」

結合部は濡らされて滑りがよく、速く激しい抜き差しとなる。溢れ出てきた体液が泡立って、ものすごく卑猥な音を立てる。

「修司……あっ、あっ……修司……っ」

最初から深く激しく突きあげられて、身体がばらばらになりそうなほどの強烈な快感が脊髄《せきずい》を貫いた。

玲は修司の首に腕を巻きつけ、必死にその動きにあわせて快楽に身を震わせた。湯が徐々に嵩《かさ》を増してきて、抜き差しするたびに派手に波打っても、快感に溺れた意識にはのぼらなかった。

「修司……っ」

熱い楔を奥までなんども打ち込まれ、自分の身体はこの男のものなのだと心身に刻みつけられながら玲は際限のない快楽に溺れた。

菊池に襲われ修司に助けられたその日は祝日前夜で、休み明けに会社へ行くと、菊池は欠勤していた。どうしたのだろうと気にしながらもほっとした翌日、菊池が辞職したことを知らされた。理由は私事とのことで、詳細は知らされなかった。

ふつうなら辞表を出してすぐに会社を辞められるはずがない。狐に摘まれたような気分で家へ帰ると、母屋の廊下で斉藤と顔をあわせた。

「やあ、玲さん。その後、体調はいかがですか」

「お陰様で悪くないです」

「会社のほうは、例のお話はどこまで進みましたか」

「あ……それが」

セクハラについて部長に相談したこと、そして相手が突然退職したことを話すと、斉藤はおもしろそうに口元に微笑を浮かべた。

「そう。辞職しましたか。予想以上にすばやいですねえ」

「あの、変だと思いませんか」

「そうですか？」

意味ありげな微笑を湛える斉藤の様子に、玲は首をかしげた。

「なにかご存知なんですか」

「いいえ。ただ、一昨日玲さんのお友だちの川村先生から連絡がありましてね。その件でちょっとお話ししたんですよ」

「え……一昨日？　修司と？」

「ええ。法の相談ではなく、玲さんの近況の確認とか、世間話的な感じでしたけど」

驚く玲から視線をはずし、斉藤はとぼけた様子で「あれからすぐに動いたんだなあの人……」などと聞こえるようにひとり言を呟く。

「あの、まさか……同僚の辞職に修司が関わってるってことですか……？」

「さあ。私が知っているのはそれだけです」

斉藤はそれ以上のことを知っていそうな雰囲気だったが、玲に教えるつもりはないようだった。

——まさか修司が。いったいなにを——。

玲が呆然としていると、ふいに斉藤がからかうように笑みを深めた。

「しかしまあ、なんと言いますか。玲さんも……怖い恋人をお持ちですねえ」

「え」

斉藤に修司とつきあっていることを話した覚えはない。しかしその言い方は、玲の恋人は修司だと察しているものだ。

玲は瞬間的にぱっと顔を赤くした。

「さ、斉藤さ……それって……、ど、どうして……っ」

どうしてばれたのだろう。自分の態度か、それとも修司との電話で気づいたのか。修司との電話でいったいなにを話したのかますます気になる。

「では、失礼しますね」

玲の質問には答えず、澄ました笑顔で去っていく斉藤の背中を、玲は首まで真っ赤に染めて見送った。

なんてことだと思いながらも気持ちを立て直して夕食をとり、自分の住まいへ戻ると電話を手にとった。

玲は時計を確認してから、修司に電話をした。

『玲か』

「うん。いまだいじょうぶ？」

『ああ。どうした』

聞き慣れたひと言が、今日はひどく優しく、嬉しそうな響きをしていた。そういえば、玲から電話をしてくれないと修司にぼやかれたことがあった。玲が修司への電話を遠慮していたように、むこうも遠慮していて、かかってくるのを待っていたようで、先日は、もっと電話をかけあうことを約束した。

――こっちから電話したこと、喜んでくれてるのかな。

心の片隅でそんなことをふと感じて照れつつ、用件を話した。

話はもちろん菊池の辞職についてである。

「——それで、斉藤さんから気になることを言われて……。修司、もしかして、菊池さんになにかした？」

『なにも』

「ほんとに？」

『ああ。俺は、なにもしていない』

「そう……」

では斉藤の思わせぶりな発言は、彼の勘違いだったのだろうかと玲が首をひねったとき、修司が何食わぬ調子でつけ加えた。

『ただ、親のつてを使って、しかるべきところへ対処を依頼しただけだ』

「……」

『だから俺が直接彼に手を下してはいない』

「ちょ……ま、待って。いったいなにを……」

『法にふれるようなことじゃない。ちゃんとしたビジネスとして取引しただけだから気にしなくていい』

きっぱりとした物言いに後ろ暗いところはなさそうではあるが……。

「でも」

『玲が知る必要はない』

「……」

なにか聞いてはいけないことを聞いてしまったのかもしれない。しかし自分が関わることなのに無関心ではいられない。食い下がって尋ねると、簡単に教えてくれた。

菊池はとある会社へ好条件で引き抜かれた格好らしい。その代わりの条件として玲や修司に手だしをしないことを約束させ、昨日のうちに海外の赴任地へ飛ばされているそうだ。

その話がどの程度本当なのかわからないし、知りようもなかった。怖い恋人だと斉藤が言うほどなのだから、ほかにもなにか手をまわしているのかもしれないが、それ以上のことは修司も知らないとしか言わなかった。

「……。そ、そう……」

いまの話は忘れようと心に決め、立ち直るまでにしばしの時間を要した。

「それから……斉藤さんに、ぼくたちがつきあってることがばれちゃってるみたい」

『そうだろうな』

「話したの？」

『いや。だが、嫉妬丸だしだったから、気づいただろうとは思う。……まずかったか？』

この件に関しては、修司も初めは平然と答えたのだが、玲の困惑を感じとったようで、すこしだけ窺うような声色をだした。

「……。ううん。いいんだけど……」

斉藤は玲が男とつきあっていると知ったからといって、態度を変えるような人間ではないのでいいのだが。なんだか頭から湯気が出そうな気分だった。

そういえば修司は菊池にも堂々と、玲とつきあっていることを認めていたのだった。男同士ということへの世間の偏見を、修司だって知らないはずがない。それでも無頓着《むとんちゃく》なほどに堂々と、玲を恋人だと公言してくれる男の態度に照れ臭さを覚えながらも、嬉しくもあった。

『もうすぐ仕事納めか。旅行まで、もうすぐだな』

「うん。楽しみだね」

優しい声に、玲は微笑んで頷いた。

室内には数日前に新しく活けた水仙が甘く香っていた。寒い冬に幸福な春を思わせる香り。次に修司のマンションへ行くときは、水仙の花束を持って行こうと思った。

旅行の日は玲も修司も無事に休みをとれた。北国行きの飛行機を降りるとそこはもう銀世界で、白い景色の中をタクシーに乗って宿へ移動する。

そこは露天風呂もある和風の宿で、雪見酒を楽しんだりして陽が暮れるのを待った。ふたりきりでまったりと過ごせた時間は甘く幸せで、それだけでも来てよかったと思うにじゅうぶんすぎるほどだったのだが、夜にはこの地を選んだ目的であるイベントが控えていた。

スカイランタンである。地方によっては灯籠《とうろう》飛ばし、天灯やコムローイとも呼ばれる。

夕食を済ませ、ほどよい時刻になってから毛糸の帽子と手袋とマフラーを装着し、広大なイベント会場へむかうと、続々と人が集まってきていた。ランタンの受けとり場所は地元の人と観光客で目を瞠るほどごった返している。

「年の瀬の雪の中なのに。よくこれだけの人が集まるね」

「年の瀬の雪の中だからだろう」

ふっと笑う修司の吐く息が白い。玲の息もおなじように白くなり、吸い込むと、冷気で鼻が痛くなった。

夜空はよく晴れて風もなく、星が氷のように冴え冴えと瞬いている。降り積もった雪をさくさくと踏みながら受付へ行き、ひと抱えもある大きさのランタンをひとつだけ受けとった。白い紙と竹で作られたそれは和風に言うならば灯籠で、蛍の光のようなちいさな火が灯されている。

広大な大地は見渡す限り一面の雪景色で、そこへランタンを持つ人々が無数に散らばっている。玲たちが全体の中心の辺りまで来た頃、どこからともなく歌が聞こえはじめた。静かな調べを玲も口ずさみ、曲が終わったところでランタンを飛ばす合図が鳴る。

「玲」

修司に促されて、ふたりでひとつのランタンを持った。ゆらゆらと揺れる明かりを見つめ、ふたり同時に手を離す。

本当にこれが浮くのだろうかと半信半疑だった玲の目の前で、ランタンはふわりと空中へ浮きあがり、ゆらゆらと不安定な足どりで真っ暗な上空へとむかう。

ふたりで放ったランタンを目で追っていくと、そこかしこからおなじランタンがいっせいにふわふわと舞いあがっていくのが視界いっぱいに映った。

「わあ……」

数千はあるだろうか。ほんのりとした灯火がゆっくりと天へのぼっていく光景は幻想的で、おとぎ話の世界のようだった。

しばらく、息をとめて夜空を仰いだ。

「綺麗だね……」

「ああ……そうだな」

となりに立つ修司も静かに空を眺めている。

「もう、今年も終わりだね」

玲たちの飛ばしたランタンは、もうどれだかわからない。天へのぼる儚《はかな》い光を見送っていると厳粛《げんしゅく》な気持ちになり、玲はしんみりと言った。修司もかすかに頷く。

「今年は……とくに後半は、いろいろあったな」

「うん」

ふたりとも空を見あげている。

玲がほうっと白い息を吐きだしたあと、修司がひとり言のようにぽつりと呟いた。

「……再会できて、よかった……」

そのしみじみとした横顔に玲は胸を打たれ、ちょっと泣きたい気分になって同意した。

「……うん……」

本当に。再会できてよかった。

頼りないわずかな浮力で空を目指すランタンのように自分の心は頼りないけれど、一心に修司だけにむかっている。力尽きることなく想いが届いたことに、すべてのものに感謝したい。

玲は祈りを込めてランタンを見あげると、手を伸ばして修司の手にふれた。周囲の人たちの視線は上へむいている。暗くて、赤くなった顔も修司に気づかれないだろう。いまならだいじょうぶだろうと、そっと握り締めた。

「……来年も、よろしくね」

玲から手を握ったことに、修司はすこしだけ驚いたように目を開いて、見おろしてきた。そしてふっと甘く微笑んだ。

「こちらこそ、末永くよろしく頼む」

ぎゅっと握り返してくれる大きな手の存在が嬉しくて、玲はふんわりと甘く微笑んだ。

あとがき

こんにちは、松雪奈々《まつゆきなな》です。

この度は「追憶の残り香」をお手にとっていただき、ありがとうございます。

こちらは雑誌掲載作と、その続編の書き下ろしとなっています。

雑誌掲載時より応援してくださった皆様、ありがとうございました。お陰様で書籍化されました。


ところで書き下ろしラストに出てくるスカイランタンですが、あれは創作と言いますか、具体的にモデルとなっている地域があるわけではありません。なんとなく勝手に北海道辺りをイメージして書きましたが、たぶん、何千も飛ばすほど大規模に開催しているところはないんじゃないかと思います……。

海外ではポーランドのほかにタイも有名ですよね。素敵ですが、あれって火事はだいじょうぶなのかなあと思ったりもします。


それにしても、雨澄《あますみ》ノカ先生のイラストが素敵でまいっています。初めてラフ画を見たときなど、玲の可愛さに大興奮してしまいました。思わず修司に嫉妬するほどです。先生、素敵なイラストをありがとうございました。

この本を出版するにあたり、多くの方にお世話になりましたが、とりわけ担当編集様にはご苦労をおかけしました。いつも丁寧なご指導をありがとうございます。次作ではもうちょっと手のかからない女になれるようにがんばります。

また校正様、デザイナー様もありがとうございました。

それではまたお目にかかれたら幸いです。

松雪奈々

二〇一二年六月

初出
追憶の残り香 ―――― 2011年 小説リンクス12月号掲載
春を抱く香り ―――― 書き下ろし

この本を読んでの
ご意見・ご感想を
お寄せ下さい。

〒151-0051
東京都渋谷区千駄ヶ谷4-9-7
(株)幻冬舎コミックス　小説リンクス編集部
「松雪奈々《まつゆきなな》先生」係／「雨澄《あますみ》ノカ先生」係

リンクス ロマンス

追憶の残り香

2012年7月31日　第1刷発行

著者……………松雪奈々《まつゆきなな》
発行人…………伊藤嘉彦
発行元…………株式会社　幻冬舎コミックス
〒151-0051　東京都渋谷区千駄ヶ谷4-9-7
TEL 03-5411-6434（編集）
発売元…………株式会社　幻冬舎
〒151-0051　東京都渋谷区千駄ヶ谷4-9-7
TEL 03-5411-6222（営業）
振替00120-8-767643
印刷・製本所…共同印刷株式会社
検印廃止

ISBN978-4-344-82567-3 C0293
Printed in Japan

幻冬舎コミックスホームページ　http://www.gentosha-comics.net